そんな裏設定知らないよ!?
Sonna Urasettei Shiranaiyo!?
脇役だったはずの僕と悪役令嬢と
Natunosannti
なつのさんち

アンジェル
何かとリュドヴィックを抱きしめ
ようとする、彼の専属メイド。
リュドヴィック
ゲーム世界の士爵家に転生した少年。
本来なら単なる脇役キャラのはずが、
数々の“裏設定”のせいで
騒がしい日々を送る。
アンヌ
領主である公爵のひとり娘。
ゲームでは悪役令嬢キャラだった。

リュエ
迷宮攻略中に現れた、
謎の女性。意外とお茶目。
シャン
迷宮の最奥で眠っていた、
おっとりした雰囲気の少女。
マクシム
ゲームでは主人公のはずが、
下っ端と化してしまった少年。
主な登場人物
Characters....

序章

「リューお兄様、朝でございますわよ」

僕の寝室に、耳慣れた少女の声が響く。

あぁ、もうちょっとだけ寝かしといてくれないかい？

「お兄様、明日の朝起こしてくれと仰《おっしゃ》ったのはお兄様ですわよ？」

起きようとしない僕に、少女は呆れ混じりにそう言った。

確かにお願いしたけどさ、さすがに昨日は疲れたよ……。

高貴な生まれの方々がさ、みんなして僕に頭を下げて挨拶《あいさつ》してくるんだ。緊張《きんちょう》しっぱなしで、なかなか寝付けなかったんだよ。

「高貴な方々？　お兄様以上に高貴な方の来賓《らいひん》はなかったはずですわ」

そりゃ僕の本来の身分からしたらそうだよ、そうなんだけどさ。あんなに大勢からペコペコされるなんて居心地が悪くて、しばらくは慣れそうにないよ……。

「はぁ……せっかくワタクシが〝お兄様〟と呼んで差し上げておりますのに」

そういえばそうだね、最初はあんなに嫌がっていたのに。やっと僕のことを兄だと認めてくれたのかい？

それとも、お披露目《ひろめ》が終わったからにはそう呼ばざるを得ないってことなのかな？

「何をムニャムニャと言っているのです？　……分かりました。ワタクシも心を鬼に致しますわ」

ん～、魔力が高まる気配がするな。何の魔法を使う気だ？　それにしても魔力操作が上手になったもんだフゴガガガアッ！

バッ！　とベッドから飛び起きて盛大に咽《む》せ込む。

鼻の穴に魔法で作った水を流し込むとか正気か！

さては心の奥底は、悪役令嬢《あくやくれいじょう》のままなんだな!?　生まれ持った性格って訳か!?

「ごんだごどだべに《こんなことのために》魔法をおじえだんじゃありばぜん《おしえたんじゃありません》！」

「おはようございます、お兄様」

少女は花のように微笑《ほほえ》みかけてきて、僕――リュドヴィックの鼻から垂れた水を、ハンカチでそっと拭《ふ》き取ってくれる。

「……あぁ、おはよう、アンヌ」

昨日から僕の妹になった、僕の大好きな悪役令嬢がそこにいた。

◇

——遡《さかのぼ》ること十一年前。

気付けば僕は、優しい温《ぬく》もりの中でまどろんでいた。寝ぼけたまま、ぼんやりとして目があまりよく見えない。

頬《ほお》に当たる、大きくて柔《やわ》らかくて温かい感触。とても心地よく、すごく落ち着く。

長い入院生活の中で、ここまで気持ち良くうたた寝をしたのはどれくらいぶりだろうかと、僕は思った。

僕は生まれつき心臓の病気があり、小学生の頃からほぼ病院生活だった。

普段は、枕元で鳴る警告《アラート》のピーピーという音、そしてその対応に追われる看護師さんの足音で、熟睡《じゅくすい》することもままならない。

点滴《てんてき》・採血・問診《もんしん》・検査と日々忙《いそが》しく、僕自身は病院のベッドでただ寝ているだけなのに、何かに追われているような感覚に襲われていた。

追ってきているものは、僕自身の病気なのだろう。

そう思うと、何かをしなければというどこか焦《あせ》りに似た気持ちが湧《わ》いてくるが、僕に何ができる訳でもない。

いつまでこんな生活が続くのだろうかと思っていた。

僕に適合する臓器を持った誰かが死ぬのを、ただ待ち続けるだけの日々。

その焦りを忘れさせてくれるゲームや読書に没頭《ぼっとう》し、疲れて寝てしまうという繰り返しだった。

——そんな状況にあった僕が、これほど身体の力を抜いて、リラックスして寝ることができるのは本当に珍《めずら》しいのだ。

「ほら、あなたにソックリですよ、一生懸命《いっしょうけんめい》お乳を吸っているわ」

「ああ、雰囲気は私に近くても、涼しげな目元だけはみんなお前に似る。上の子達と同じだ」

「お乳を吸っている姿が、よく似ていると言っているのですわ」

どこからか聞こえる、男女の話し声。

この病室で他人の声が聞こえるとなると、看護師さんか両親くらいだと思うんだけど、聞き覚えがない。誰が来ているんだろう。

「……子供の前でそんなことを言わなくても良かろう」

「ふふふっ。——あなた、私は幸せですわ」

「そうだな、私も幸せだよ。三人も男子に恵まれた。我がノマール士爵家《ししゃくけ》も安泰《あんたい》だな」

テレビを付けっぱなしで寝てしまったのかもしれない。でも、そんな貴族が出てくるアニメなんて、今期にあっただろうか。

チュポン、という音と共に、大きくて柔らかくて温かい感触が離れていく。

と同時に……。

「おぎゃぁ、おぎゃぁ、おぎゃぁ」

赤子のものらしき泣き声が聞こえた。お乳を取り上げられてぐずっているような声だ。

「あらあら、お口が止まったからもうお腹が一杯なのかと思いましたよ？」

すると僕は再び、温かい感触に包まれる。赤子の声は止《や》み、僕の口に乳臭い液体が広がる。

「たくさん飲むのですよ、リュドヴィック。そしてうんと大きくなって、お父様とお兄様達を支えてあげてくださいね？」

これがこの生における、僕の最初の記憶となったのだった。

どうやら僕は転生したらしい。

そう気付いたのは、もうしばらくした後だった。

お腹が空くと聞こえる赤ちゃんの泣き声が自分のものであり、大きくて柔らかくて温かい感触が母親のおっぱいであると理解するのに、少し時間が掛かった。

前世の僕はとても身体が弱かった。高校生にはなれたものの、ほぼ病院のベッドで寝て過ごしていた。

そんな人生も知らぬ間に終わりを告げ、この世界へ転生するに至《いた》ったのだろう。

死んでしまったことにすら、僕は気がつかなかったのだ。

最後に両親と会話したのはいつだったろうか。はっきりと覚えていないのが悔やまれる。長い入院生活の中で、両親には甘えてばかりだったような気がする。

今更になってそんなことを思い、先立った不孝を考え胸がチクリと痛んだ。

「あらあら、そんな顔をして……お尻が気持ち悪いのですか？」

いいえ、違いますよお母様。


そうして、神様と面会することもなく、特別なスキルやチートを与えられることもないまま、ノマール士爵家の三男リュドヴィック・ノマールとしての、今世が始まったのだった。

前世において、身体が弱いために外出を制限されていた僕は、多くの時間を読書やゲームに費《つい》やしていた。その中でも、神様とか女神様とかからもらったスキルやチートを用《もち》いて、異世界を救う物語が大好きだった。

異世界へ召喚されたら、あるいは転生したら、不思議な魔法で健康な身体になれないだろうか。自分の足で異世界を駆け回り、スキルやチートで大活躍できないだろうか……。

そんな空想をしながら、病院のベッドで暮らしていた前世。だというのに。

何故神様との面会がない？

何で転生したのに特別なスキルが与えられない？

チートは!?

——いや、そんなのなくてもいい！　神様ありがとうございます!!

今のところ元気にハイハイできてます！　健康そのものの身体をお与えいただき、感謝しております!!

そう、これだけでも僕にとっては十分チート級なのだ。

前世の僕は乳児の頃から既に病弱だった。ハイハイやつかまり立ちをするのも非常に遅く、歩けるようになったのも二歳頃からだったらしい。

それが今はどうだろう、まだ生まれて半年少々だというのにハイハイができる。大声で泣き、笑うことができるじゃないか！

何と素晴らしい今世。あぁ、早く大きくなりたい。

前世のお父さん、お母さん。僕はこっちで元気にやっています。どうか、悲しまないでください。


一歳になる前に、僕はよちよちと歩き回れるようになっていた。

僕が生まれた士爵家は正式な貴族ではなく、準貴族という扱いだ。これは前世で読んだ小説の知識通りだったのだが、準貴族でも家の中にメイドや執事《しつじ》がいるのは意外だった。

僕がよちよちと歩いていると、そういう大人達がそっと見守ってくれる。

おかげで安心してよちよちできるというものだ。

「リュー坊ちゃま、こちらでございますよ〜」

今日も、メイド服姿の美少女が、床に膝《ひざ》をつき、両手を広げて待ってくれている。

そちらへとよちよち歩いていき、そのまだ膨《ふく》らみきっていない胸へと飛び込むのだ！

あぁ、何と素晴らしいこの世界。胸に頬擦《ほおず》りしても怒られない。抱き締めたまま頭をよしよししてくれる。

「アハァ～、ケヘヘ～」

「あらあら、ご機嫌《きげん》がよろしいようで」

この美少女メイド、アンジェルという名前で、どうやら僕専属のベビーシッター的な存在らしい。

僕には兄が二人いるんだけど、主に僕の相手をしてくれるのだ。

家の周りをお散歩したり、お腹をトントンしてお昼寝させてくれたり。そして、僕をお風呂に入れてくれるのも、このアンジェルなのである！

最初の頃、アンジェルは入浴用のエプロンを付けて僕を浴槽《よくそう》に入れてくれていた。だけど、少し大きくなった僕は、わざとお湯をバシャバシャしてメイド服を濡らすという作戦を敢行《かんこう》。

それが功を奏し、今では裸で一緒にお風呂に浸《つ》かってくれている。

もう最高でしょ、この生活。準貴族だって？　僕にとっては王様みたいな待遇《たいぐう》だよ。

そしてアンジェルは、お風呂のたびにこう言うのだ。

『リュー坊ちゃまは本当にお水遊びがお好きですね。お兄様方はすぐにお風呂を出たがられるというのに』

すぐに出るなんて勿体《もったい》ないじゃないか！　もっと楽しまないと。特にあの絹《きぬ》のように柔らかいお肌とか！

今日のお風呂も楽しみにしつつ頬擦りを続けていると、僕を抱き締めたままアンジェルが言った。

「リュー坊ちゃま、いつまでも私めをおそばに置いてくださいね？」

もちろんですとも!!

第一章：見覚えのある世界

何かがおかしいと感じ始めたのは、二歳になった頃だった。

妙に既視感がある。そして、耳に入ってくる言葉や単語、さらには僕のリュドヴィックという名前すら、どこかで聞いた覚えがあるのだ。

そもそも、言葉も喋《しゃべ》れないうちから両親の会話が理解できることを、疑問に思うべきだった。

父親は銀髪《ぎんぱつ》で母親は金髪。二人とも欧米人《おうべいじん》並みに肌が白く、鼻もシャープで高い。

それなのに、家族や美少女メイド、そしてロマンスグレーの執事までもが、何故か僕が理解できる言語、日本語を話しているのだ。

使われている文字も、平仮名・カタカナそして漢字にアルファベットに見える。さらには距離や重さといった単位まで前世と同じ。

そして確信を得たのは、ある日の食事の席で聞こえてきた、両親の会話だった。

「あなたも魔王討伐軍に召集されるのですか……？」

「当然だ、この家はそのために存在するのだから。領主たるトルアゲデス公のため、ひいてはメルヴィング王国のために戦わねば。トルアゲデス公爵領《こうしゃくりょう》を守護すべく、私達騎士は魔王軍に立ち向かわなければならないのだ」

もぐもぐと幼児食を咀嚼《そしゃく》していた僕は、それを聞いて驚きのあまりスプーンを取り落とした。

この世界はあのゲームの中なんだ……。

僕は大好きだったゲーム、『ケイオスワールド』の世界に転生してしまったんだ！

……え？　ちょっと待って、やっと思い出した。

リュドヴィック・ノマールって確か、勇者パーティーが魔王討伐へと向かう前に編成された討伐軍で、討《う》ち死《じ》にする運命《シナリオ》だったような……。

僕、ただの脇役《わきやく》に転生したんですか？

いや、今そのことはどうでもいい！　シナリオを知っていれば、この先いくらでも対応ができるだろう。

そんなことよりも、大事なことに気付いた。

悪役令嬢として勇者とヒロインの前に立ちはだかる、アンヌ・ソフィー・リフドゥ＝トルアゲデスがこの世界にいるんだ！　しかも僕が暮らす、ここトルアゲデス領に！

一番好きなキャラが自分と同じ街に住んでいるなんて、これほど嬉しいことが他にあるだろうか。

いや……確か、僕の記憶が正しければ、いずれ勇者として見出されることになる主人公キャラのマクシム・ブラーバルと、リュドヴィックが同い年だったはず。そしてストーリーでは、悪役令嬢たるアンヌが後輩としてこの街の同じ学園に通っていた。

どれだけ年下なのか詳しい説明はなかったが、二歳下くらいだった気がする。

そして僕はついこの間二歳になったばかりだ。

ということはつまり、アンヌはまだ生まれていないか、ちょうど生まれた頃ということになる。

シミュレーションRPGである『ケイオスワールド』において、アンヌはヒロインとしての攻略ルートがない、純粋な悪役だった。

どのルートでもマクシムとアンヌは敵対してしまい、恋愛どころか仲良くなることすらできなかったのだ。

故《ゆえ》に、僕は非常に悔しい思いをした。ゲームの主人公であるマクシムに自分を重ね、魔王を倒しアンヌと結ばれる妄想《もうそう》を何度したことか！

あんなに愛おしい立ち絵のキャラなのに、どうして攻略対象ヒロインにしなかったのか、僕には理解できない。

シナリオでは不遇だったけど、少し、ほんの少しだけ育ち方が違えば、アンヌはきっと立派な正統派ヒロインになっていたはずなんだ！

……ちょっと待てよ。

もしかして僕、アンヌと出会うチャンスもあるんじゃないか？

僕とアンヌは二歳差で、入る学園も同じ。学園に入学するのは十二歳だから、僕が十四歳になる頃に、どこかでアンヌと出会う可能性はあるはずだ。

そこで僕がアンヌに何かしらの影響を与えることができれば、のちに彼女が悪役令嬢として主人公達の前に君臨する展開そのものを、避《さ》けられるんじゃないだろうか？

いや、そのタイミングでは遅い気がする。

教育は年齢が低ければ低いほど有効だと、昔テレビで言っていた。

何とかして学園に通う前の、幼き日のアンヌとお近付きにならなくては！

そのためには、僕はどうすればいいのだろうか。

ノマール家は士爵家だが、その身分は通常一代限りだ。今の代で六代目だというが、父も含めて今まで六代も士爵家として続いているのは単に、士爵に叙爵《じょしゃく》された家人《かじん》や親戚を、六代続けて当主として立ててきたからに過ぎない。

僕の父であるロミリオ・メディナ＝ノマールに至っては、他家からの養子だそうだ。

ちなみに僕は父方と母方、どちらの祖父母とも会ったことがなく、両親の出自《しゅつじ》についても詳しく聞かされていない。

まぁ二歳の子供にそんな話を聞かせる機会なんてそもそもないだろう。この世界において、実家との繋《つな》がりがどこまで密なのかもよく分からないしね。

いずれにせよ、両親の生まれがどうあれ、準貴族の三男坊が公爵領の姫君《ひめぎみ》に出会うなんて、まず起こり得ないことだ。それこそ学園に入学したとしても、アンヌとすれ違う程度が精一杯なんじゃないかな。

それでも、僕にはチャンスがあると思いたい。

何ていったってこの世界には魔法が存在するのだ。かつて読んでいた異世界転生小説の主人公達に倣《なら》い、幼いうちから魔力を鍛《きた》えて成り上がろう！

そして何とかしてアンヌとお近付きになり、僕が彼女を導《みちび》いてあげるんだ。

そうすれば、彼女は晴れて勇者であるマクシムの正ヒロインとして幸せになれるだろう。決して、あんな悲惨《ひさん》な最期《さいご》を遂げずに済む……。

全ては僕のこれからの行いにかかっているんだ！


それ以降僕は、魔法の自主鍛錬《たんれん》を始めた。

前世では感じなかった、お腹辺りのモヤモヤした温かい感覚が魔力の源泉であることに気付き、お腹から全身へと魔力を循環《じゅんかん》させてみたのだ。

最初は上手くいかなかったが、血管に乗せて全身くまなく魔力を行き渡らせるイメージが良かったのか、すぐに自由に魔力を操れるようになった。

これで強力な魔法が使えるようになるかもしれない！

とはいえ僕は二歳の子供である。できることなど限られているのは分かっていた。

それでも僕は、ゲームで勇者達が使っていたような強力な魔法を使ってみたくて堪《たま》らなかった。

そんなある日、兄達とノマール家の庭で遊んでいた時のこと。

いつも通り、僕の子守り役であるアンジェルがそばで見守ってくれていた。

「リュー、兄ちゃん達と鬼ごっこしようぜ！」

「アル兄が鬼ね、よ～いドン！」

長兄で五歳のアルフレッドと、次兄で四歳のベルナール、そして僕の三人で鬼ごっこを始めた。

その時僕はふと、魔力を下半身に集中すれば速く走れるのではないだろうかと思いついた。

前を走っているベル兄の背中に追いつこうと魔力を太ももや膝に集中させて、地面を蹴《け》ってみる。

——ドンッ！

次の瞬間僕は、十メートルは先にいたはずのベル兄の背中にすごい勢いでぶつかり、そのまま気を失ってしまった。

朦朧《もうろう》とする意識の中、両親とアンジェルの話し声が聞こえた。

「にわかには信じられん……。たった二歳の子供が身体強化魔法《フィジカルブースト》を使ったというのか!?」

「はい、旦那様。私はこの目で見ておりました。流水の如《ごと》く美しい流れで魔力を下半身へ巡《めぐ》らせ、身体強化魔法《フィジカルブースト》を掛けて走り出されました。信じがたいでしょうが、魔法を使わなければ、二歳のリュー坊ちゃまが追いつける距離ではありませんでした」

「すごいわあなた！　この子はきっと立派な騎士としてこの家を継いでくれますわ!!」

お母様が手を叩いて喜んでいる。表情は見えないが、満面の笑みを浮かべているであろうことは声から窺《うかが》えた。

それでもお父様の訝《いぶか》しげな声色は変わらない。

「しかし……私が身体強化をできるようになったのは八歳の頃だぞ。それでも当時は神童《しんどう》だなんだと囃《はや》し立《た》てられたものだが……」

「そのあなたの血を受け継いでいるのですよ！　さすが私達の子供。かつてはこの血を呪《のろ》ったこともありましたが……この子の将来が楽しみですわね」

「そうだな……」


その日を境に、僕はアンジェルから魔法の手ほどきを受けることになった。

何故ただのメイドであるアンジェルが？　と思ったが、教えを受け始めた途端《とたん》にそんな疑問など吹き飛んでしまった。

アンジェルはとんでもない魔法使いだ。

それもかなり上位の使い手だと、僕は睨《にら》んでいる。

というのも彼女は稽古《けいこ》初日から、ゲームでも終盤《しゅうばん》にならないと習得できなかった魔法障壁《マジックシールド》を、平然と出してみせたのだ。いわゆるバリアである。

この実力、ゲームに登場した魔王軍で言うところの、四天王にも匹敵するんじゃないだろうか。

何故そんな人がこんなところで一介のメイドをしているのか、疑問である……。

「そんな難しいお顔をされて、どうされました？　お手洗いですか？」

「ちがうよ、だいじょうぶだよアンジェル」

数日後には、アンジェルが魔法を教えてくれると聞いた二人の兄達も、嬉々《きき》として僕と一緒に稽古を受け始めた。

けれど集中力が続かず、アンジェルの言っていることもさっぱり意味が分からないと、すぐに投げ出してしまった。しまいには二人で遊び出す始末。

結局今となっては、稽古している僕達に近寄りもしなくなっていた。

しかしアンジェルはそんな兄二人をさして気に留めず、熱心に僕に魔法を教えてくれる。

「リュー坊ちゃま、魔力は鍛えれば鍛えるほど保有量が増えていきます。この国においては魔力保有量こそが一番大事であるという風潮《ふうちょう》がございますが、それは間違いです。もちろん魔力保有量は多いに越したことはありませんが、その魔力を精細《せいさい》に制御する技術こそ、重要視すべきなのです」

このメイド、僕がまだ二歳であるということを忘れてはいないだろうか。

いや、別にこれくらい難しい話でも僕自身は理解できているからいいんだけど、アンジェルが周りから変な目で見られないか少し心配になる。

「リュー坊ちゃまは誰の教えも受けずに、身体強化魔法《フィジカルブースト》の制御ができるようになられました。恐らく感覚的に制御方法を理解されていることでしょう。ですから、その制御をより早く、より正確に行えるように訓練致しましょう」

アンジェルの教え方は、この国における魔法の基礎的な概念《がいねん》からは外れているように思える。何となく、アンジェルがこの国の出身ではないのだろうということは窺い知れた。

「体内に魔力を循環させることで身体強化を、そして体外へと排出することで攻撃魔法を、人の体内へ送り込むことで治癒魔法《ちゆまほう》を行使するのです」

この『ケイオスワールド』における魔法の発動は、扱える魔力保有量と、魔力を何に変換するかのイメージによって決まるようだ。そんなに詳しい設定解説はゲーム中にもなかったはずだし、アンジェルの教えで初めて知ることが多かった。

そもそも『ケイオスワールド』は、攻略サイトどころかネット上の口コミすらない、マイナーなゲームだった。

そのため、大好きな作品だったにもかかわらず、詳しい設定や舞台背景は把握《はあく》しきれなかったのだ。『ケイオスワールド』を僕に買い与えてくれたのは、父だったか母だったか……。

ともあれ属性がどうの、相性《あいしょう》がどうの、詠唱《えいしょう》を覚えろだの言われなくてホッとしたよ。ふんわりとした設定で助かった。

僕が上手く魔法を操れると、アンジェルは飛びきりの笑顔で抱き締めて、褒《ほ》めてくれる。

また、上手にできなくても「大丈夫ですよ、ゆっくり練習していきましょうね」と頭を撫でて、そしてやっぱり抱き締めてくれる。

美少女メイドから優しく指導を受けて、そして抱き締められる毎日。

正直堪《たま》りません。一日だって稽古したくないと思った日がないです。

「リュー坊ちゃま、明日も頑張りましょうね」

「うん、あしたもがんばろうね！」

◇

そうして抱き締められる日々が続き、僕は五歳になった。

もちろん修業ばかりしている訳ではなく、字の読み書きの勉強をしたり（するフリ。何せ前世と同じ日本語だから）、街へ外出したりすることも増えた。

通りを歩いていると、大人達が僕に頻繁《ひんぱん》に話しかけてくれる。

「リュー君、今日も可愛いわね！」

「おつかいね？　これオマケしておくからね」

この世界は街ぐるみで子供を見守る慣習があるのかもしれない。

前世では人見知りだった僕だけど、こうして大人や子供と分け隔《わへだ》てなく接しているうち、社交性が身についてくる。愛想《あいそ》というか何というか、人付き合いの楽しさが分かるようになってきたなと思う。

家の近所で、同じくらいの年齢の友達を作って遊んだりもした。

友達とクタクタになるまで遊ぶ。そんな経験も前世では滅多《めった》になかったために、精神年齢が飛び抜けて高い僕でも、自然に友達とはしゃぐことができた。

今ぐらいの年頃では、男の子同士の遊びというとどうしてもチャンバラごっこになりがちだ。剣と魔法の世界であるから尚更《なおさら》かもしれない。

身体強化しておけば怪我《けが》はしないとはいえ、武器の扱い方が全く分からないのは問題だった。

それこそ、剣の握り方からして右手と左手どっちが上？　というレベルである。

怪我はしなくても服はボロボロになる。友達にいいサンドバッグにされた末に帰ると、出迎えてくれたアンジェルが眉《まゆ》をひそめて呟《つぶや》いた。

「このままではいけませんね……」

アンジェルは魔法だけでなく武術にも長《た》けているらしい。その翌日からすぐに、身体強化を行使した上での戦闘術を教えてくれた。

本当に何者だよこの美少女メイド……。

一方、剣や弓矢、槍《やり》など家にある武器については、ロマンスグレーの執事ことフィルマンから一通り扱い方を習った。

物腰柔らかなおじさんというイメージだったんだけど……フィルマン、お前もか。

今の僕の身体では、短剣であってもロングソードのような大きさだ。しかし身体強化をしているおかげで、重さは全く感じなかった。

アンジェルとフィルマンの教えを忠実に守って日々の稽古をしていると、すぐに戦闘術が身につき、戦いごっこでも、相手に怪我をさせることなく上手く勝てるようになった。

気付くと僕は友達の中心人物、いわゆるガキ大将的ポジションに落ち着いてしまっていた。

そしてその友達の中には……。

「兄貴、今日こそ負けねぇぞ、俺と勝負しやがれ！」

「マクシム、それ毎日言わないと気が済まないのか？」

のちに勇者として見出《みいだ》される、マクシム・ブラーバルも含まれる。誰が兄貴だよ、勇者に兄貴分がいていいのか？

正義を愛する男の子、マクシム。いずれ勇者になる……はずの男。

アンヌの場合は、身分の差がある以上、会いたくても簡単には会えない。でもマクシムは僕と同じ平民なので、外を何度か出歩いているうちに出会うことができた。

あれは僕が五歳になってすぐの頃だ。

日課の稽古が終わった後に街中を散歩していると、同じ年くらいの男の子達が輪になって何かしているのを見つけた。その中心には、痩《や》せっぽちの男の子と、その子を背中に隠した、やたら目《め》力《ぢから》のある傷だらけの男の子がいた。

その目力のある男の子こそが、マクシムだった。

彼は痩せっぽちの男の子がいじめられているのを見つけ、正義感からその子を守ってやろうとしたらしい。けれど、多勢に無勢でマクシムが一方的にやられている状況だった。

そこに通りかかった僕はさすがに見ていられず、いじめていたクソガキ達を片っ端から殴《なぐ》りつけていったのだ。

助けたことは後悔していないけれど、そのことをきっかけに、僕はマクシムから兄貴と呼ばれるようになってしまった。

「兄貴は弱い者を笑わないし、強い者にも屈しない。兄貴こそ正義だ。だから俺は兄貴に付いていく。そしていつか兄貴に負けないくらい強い男になるんだ！」

いや、僕なんていつかどころか簡単に超えてもらわないと困るんだよ。マクシムに魔王を倒してもらって、そしてアンヌを幸せにしてもらわないと。

そのために僕ができることなら、何だってするつもりだからね。


戦闘術を教わってしばらくした頃、稽古のレベルが引き上げられることになった。

「リュー坊ちゃまはとても強くなられました。そろそろ街の外へ出て、実際に魔物と戦ってみましょう」

五歳の子供を街の外へと連れ出して、魔物と戦わせると言う美少女メイド。

少し考えればおかしいと思うところだけど、僕には魔法も戦闘術もめきめきと腕が上がっているという自覚があった。

自分の実力を試してみたいという気持ちが大きくなっていたのも事実だったので、僕はアンジェルの言葉に頷《うなず》き、一緒に家を出た。

僕が生まれたこの街は、トルアゲデス公爵領の領主が住んでいるだけでなく、複数の教育機関を抱えることから学園都市と呼ばれている。

魔物の侵入を防ぐ高い城壁に囲まれているため、街の出入りには東西と南にある城門を通らなければならない。

今回は東の城門から街の外へと出る予定だ。街の中を往来する乗り合い馬車で城門に向かう。

「少し街の外へ出掛けます」

城門に着くと、アンジェルが僕を含めて二人分の身分証を、門の脇にいた衛士《えいし》へと手渡した。あ、このおじさん、お父様のお友達だ。

「おやおはよう、ロミリオんトコの三男坊じゃないか。メイドとお出掛けか?」

「はい、街の外を歩いてみたくて」

修業の一環で魔物を倒しに行きます、と言ってしまうと話がややこしくなりそうだったので、適当に誤魔化《ごまか》すことにした。

アンジェルが何も言わないところを見ると、この判断は正解だったようだ。

「そうか、リュドヴィックは礼儀正しいやんちゃ坊主で通ってるしな。外に出てみたい年頃になったか。だが、最近は魔物の数も減ってきているとはいえ、全くいない訳じゃないからな。アンジェルだったたか、気をつけてやってくれよ」

「ご忠言《ちゅうげん》、しかと心に刻みました」

礼儀正しいやんちゃ坊主ってどんな子供だよ。

それはともかくとして、魔物の数が減ってきているというのは意外だ。定期的に討伐隊でも出しているのだろうか。

ゲームの序盤《じょばん》ではバシバシ弱い魔物を狩って、レベル上げをしていたんだけどな。

「あ、そうだ。どなただとは言えないが、今日辺り高貴なお方がこの街に帰ってこられるかもしれない。もしそれらしい馬車を見かけたら、道の脇に控えるんだぞ」

高貴なお方か。この街には公爵家以外にも沢山《たくさん》貴族が暮らしているようだし、高貴な方々の出入りもそこそこあるんだろう。

僕達は衛士のおじさんにお礼を告げ、城門をくぐって街の外へ出た。

ここから先で経験することは、何もかも生まれて初めてのことだ。街中は自分の庭感覚で走り回っているけれど、城門の外は未知の世界である。

広大な草原の中には、馬車が四台は通れそうな広い街道がある。非常に見晴らしがよく、見渡す限り魔物もいないようだ。

「リュー坊ちゃま、あちらに見えます森まで走ります。あの森には騎士が単独で倒せる程度の魔物しかいないそうなので、今回の修業にはうってつけですよ」

指を差されてやっと分かる距離に、確かに森が見えた。五キロくらいはあるだろうか。五歳の子供の足では数時間掛かるであろう距離だ。

しかし、僕とアンジェルは身体強化魔法《フィジカルブースト》が使えるので問題ない。

前世では適度な運動さえも制限されていたから、ただ走るだけで楽しくてしょうがなかった。風が頬を撫でる感覚も心地よい。

もちろん街中では目立つし危ないので、身体強化して走り回るようなことはしない。だが街道から外れた森の中なら、人に迷惑や被害が及ぶ心配もないだろう。

そうして十分くらい走ったところで、森の入り口に着いた。

こんなに長い距離を走ったのは初めてだけど、意外に疲れはなかった。

さあ初陣《ういじん》だ、早く戦ってみたい！


「リュー坊ちゃま、あの小さな人型の魔物がゴブリンです。一体だけなら弱いですが、群れで行動する知能があるために、少しだけ厄介《やっかい》な相手です」

アンジェルが指差した先に、肌が緑色で背丈《せたけ》が僕くらいの小さな生き物を見つけた。薄汚れた布を身に纏《まと》っている。

あれがゴブリンか、リアルで見たら気持ち悪いな。いや、可愛い姿で出てくるゲームなんてそうそうないだろうけど。

「今は一体しかいないようです。どうしますか？　まずは私が倒すのを見ておかれますか？」

「ううん、僕が倒すよ。でもいきなり剣で斬《き》りかかるのは怖いから、ここから魔法で狙おうと思う」

「なるほど。ではやってみてください」

今回は武器としてショートソードを持ってきた。盾《たて》や鎧《よろい》などの防具は子供サイズのものがないのと、アンジェルが必要ないというので持ってきていない。

さて、魔法で倒すのはいいが、どうやって倒すかが問題だ。魔力を火に変えて放つか、水に変えて水圧で切断するか。それとも鋭い風を吹かせて切り裂くか。

近頃の稽古ではアンジェルも難しいレベルを要求してくるしなぁ……そうだ、最近教えてもらったあれを試してみよう。

僕は集中して、ショートソードへと魔力を流す。

自分以外の人や物体に魔力を伝えるのは非常に難しい。大事なのは、ショートソードが自分の身体の一部だとイメージすること。

慎重に十分な魔力を纏わせた後、力強く振り下ろし、刃からその魔力をゴブリンへと飛ばす。

一瞬ののち、スパンとゴブリンの胴体が左右真っ二つに切り裂かれた。

〝魔刃《まじん》〟が成功したようだ。

「さすがはリュー坊ちゃま、とても上達されましたね。ですがお気をつけください。物陰で見えなかった数体が出てきました」

仲間の突然の死に気付き、新たにゴブリンが三体現れた。本能のまま叫ぶことはせず、冷静に辺りを見回して仲間を攻撃した者を探すその姿には、確かに知性を感じる。

「キー！　キー！」

やがてこちらに気付き、まっすぐ向かってきた。僕はすぐさまショートソードに魔力を流し、次は横一文字にゴブリン達目掛けて魔刃を放つ。

近くの木々をなぎ倒しながら、魔刃はゴブリン三体をまとめて切り裂いた。

これで全部みたいだ。

「お見事です。ですが、木々を倒さぬよう微妙なコントロールが必要ですね。今の三体を倒すだけであれば、あの攻撃範囲では広過ぎます。もう少し接近してから攻撃を放つのが最善でした」

そう言いつつも、微笑んで僕を抱き締めてくれるアンジェル。嬉しいけど、戦闘の直後に抱きつくのはちょっと無防備過ぎないだろうか。

実戦経験も殺生《せっしょう》も、今回が初めてだ。

魔物を殺したことに、自分が思っていた以上に動揺《どうよう》しないのは、アンジェルに抱き締められているからだろうか。それとも、心のどこかではこれがゲームの中の出来事だと思っているからだろうか。

そんなことを考えながら柔らかい感触に埋もれていると、遠くでガラガラと、何か大きなものが倒れるような音が聞こえてきた。

「アンジェル、何だろう今の音」

「リュー坊ちゃま、行きましょう」

さっきまでと打って変わって真剣なアンジェルの声に、胸騒ぎがした。


森の外へ出たところで、街道から外れた場所に、煌《きら》びやかな馬車が横転しているのを見つけた。ハーネスが切れたのか、馬が狂ったようにあらぬ方向へ走り去っていく。

そしてその馬車の周りを、ゴブリン達が囲んでいた。

じりじりと馬車へ詰め寄っており、そこから少し離れたところでオークが雄叫《おたけ》びを上げている。どうやら馬車を横転させたのはあのオークのようだ。

そしてオークの近くには、兵士らしき人達の無残な遺体《いたい》が転がっていた。魔物の死体ではなく、人間の、人間の……！

「リュー坊ちゃま」

気遣うようなアンジェルの声を聞く前に、身体が動き出していた。

僕は無言のまま、ショートソードでバサバサと馬車の周りのゴブリンを斬り捨てていく。

この感情は、憎悪《ぞうお》だろうか？　恐怖でないことは確かだ。

オークが僕達の姿を見て、のしのしと大股でこちらへと近付いてきた。あれが来る前にゴブリンを片付けないと！

すると、アンジェルが加勢して素早く残りのゴブリンを葬《ほうむ》ってくれた。

残る危険はオークのみだ。

敵を睨みつけ、今にも走り出そうとしていた僕の手を、アンジェルが掴む。

「リュー坊ちゃま、オークの体格を考えると、剣で直接斬りつけるのは少々危険です。魔刃を飛ばすか、他の魔法を放つのがよろしいでしょう」

この状況すらも、僕の修業の一環にするつもりらしい。アンジェルの実力なら、オークなどすぐに倒せるのだろう。

そのアンジェルが、僕にもオークが倒せると判断したということか。

横転した馬車の中にはまだ人がいる様子だ。僕達で馬車を守らないと。

オークの身長は二メートル以上あるが、身体強化した足で跳び上がれば首に剣を突き入れることはできそうだ。

でも僕は今日初めて魔物と戦ったばかり。

時々自分が五歳であるという事実を忘れそうになるが、その油断が命取りになる可能性もあるのだ。ゴブリンとの戦闘とは違い、経験不足からオークに後《おく》れを取るかもしれない。

ならば、魔刃を放ってオークの首を飛ばすのが一番安全な戦い方ではないだろうか。

ここまで考えて、僕は頭に血が上《のぼ》っていたことに気付かされる。アンジェルが引き止めてくれて助かった。これはゲームの戦闘ではない、自分に降りかかっている現実なのだ。

あくまで冷静に。焦ってはいけない。そう意識しながらショートソードに魔力を流す。

と、オークが地面に落ちている拳ほどの石を投げつけてきた。

僕の後ろには馬車がある。避《よ》けることはできない！

咄嗟《とっさ》にショートソードの腹で石を打ち、そのままオークへピッチャー返し！

石は見事にオークの顔にヒット。野球なんてしたことはなかったけど、何とかなった。

オークが怯《ひる》んでいる隙《すき》に、僕は魔刃を飛ばす。

やったか⁉

しかしオークとてじっとはしていない。寸前でかわされてしまった。

攻撃を受けたことで向こうの警戒も強くなって、避《よ》けられやすくなっているのだ。

ならばと僕は、右手で剣を構えたまま、左手に魔力を集中させる。

イメージするは氷の槍。地面から一瞬で突き出る氷ならば、オークも避《よ》けられないだろう。

すると自身の足元に集まる魔力に勘付いたのか、オークが飛び退《の》く。魔力操作が遅いせいで気付かれてしまった。

でも問題ない、突き出す方向を変えればいいだけだ。

発動させる瞬間に、左手首をクイっと持ち上げる。地面を突き破っていくつもの氷の槍が飛び出した。ドシュッという音と共にオークの身体や首元に穴が開《あ》き、頭が胴体にさよならも言わず転がっていく。

ふぅ……何とかなったか。

僕がオークの相手をしている間に、アンジェルは馬車の中にいた人を救出していた。

現れたのは高貴そうな服装のご婦人と、娘さんらしき女の子。衛士のおじさんが言っていたのは、この方々のことだったのだろうか。

「あぁ、助かりました！　突然魔物の群れが街道に立ち塞がったのです。どうにかこの森まで逃げてきたのですが、護衛の兵士達が犠牲《ぎせい》になってしまいました……」

少女を抱き締めて、ご婦人がほろほろと泣く。取り乱すことはないが、かなり動揺しているのが分かる。

胸に抱かれたままの少女は、あまりのショックな状況に声も出ない様子だ。目を丸く見開いて、僕達を見つめている。

馬車が横転した際に頭を打ったらしく、二人とも額《ひたい》に血が伝っていた。

馬は逃げ、馬車も壊れて動かせそうにない。かといってここにいれば、また魔物が襲ってくるかもしれない。

どうしたものか。ひとまず、先に治癒魔法をかけておこう。

「とりあえず頭を見せていただけますか？」

僕はそう言って、ご婦人の胸に抱かれた少女の頭を見る。

うん、おでこが軽く切れているだけみたいだ。魔力を手に集中させて傷口にかざし、塞いでやる。

ご婦人の方も同様で、すぐに治癒させることができた。血を拭き取れるように、持っていたハンカチを魔法で出した水で濡らし、渡しておく。

「魔物に襲われて疲労困憊《ひろうこんぱい》のご様子。しかし馬もなく、ここに留まるのは危険です。徒歩にて移動致しましょう」

辺りを警戒しつつアンジェルはそう言うが、魔物に襲われたショックから、お二人は膝をガクガクと震わせている。この状態で歩いて五キロの距離を帰るのは難しいだろう。

そうだ、ここは抱っこしていくしかない。僕はお二人に向き直って言った。

「まだご自分の足で歩いて帰るのはお辛《つら》いかと存じます。不本意な形になるかとは思いますが、我らにその身をお任せ願えませんでしょうか？」

僕が提案したのは、お姫様抱っこだった。身体強化魔法《フィジカルブースト》を使えば、抱えたまま走って学園都市まで帰ることができる。

おんぶでも良かったんだけど、さすがにドレスで着飾った女性を背負うのは躊躇《ためら》われたのと、お嬢様を少しでも元気づけられればと思っての提案だ。

「アンジェル、お願いできるかな」

「畏《かしこ》まりました」

ご婦人はアンジェルに任せ、僕はお嬢様を抱き上げる。

「わぁ、すてき……」

小さく、感嘆《かんたん》するような声が聞こえた。

ふふっ、やっとお嬢様が喋ってくれた。

「お嬢様、僕のような者が王子様役では不足でしょうが……しばしの間、この大役をお任せくださいませ」

「とんでもございません、ワタクシのおうじさま。よろしくおねがいいたしますわ」

まだ二、三歳だろうに、立派なレディのような言葉遣い。よほど高貴なお方らしい。

「お二人は魔法をお使いなのですね。そのお歳でこれほどの使い手、さぞ名高いお家《いえ》なのでしょう。どちらのご出身かしら」

ご婦人はいくつか貴族家を挙げて僕に問いかけられる。

「いいえ、僕はノマール士爵家三男のリュドヴィックと申します。父は公爵領をお守りする騎士でございます」

「まぁ！　ロミリオ様のご子息でいらしたのね。そう言われれば、お顔立ちがよく似ておられますわ。目元もジュリエッタにソックリ。……そうですか、良いお方に救われましたわね。これも精霊のお導きなのかしら」

おや、どうやらこのご婦人は僕の両親のことをご存知らしい。貴族の集まるパーティーなどで、面識があったのだろうか。

「申し遅れましたね、私はマリー・エレオノール・カトルメール＝トルアゲデスと申します」

ん……？　このおばちゃん今何つった？　トルアゲデス？

「そしてこの子は娘のアンヌです」

アンヌ？　今、僕がお姫様抱っこしているお嬢様が、アンヌ……？　え、マジで!?

「おみしりおきを、リュドヴィックさま」

ニコリと笑って僕を見上げるお嬢様。もとい、アンヌ・ソフィー・リフドゥ＝トルアゲデス。

僕の腕の中にいたよ、憧《あこが》れの悪役令嬢《アンヌ》が……。


それから僕とアンジェルは、お二人をお姫様抱っこしたまま学園都市へと走った。可能な限りアンヌの頭を揺らさないように速度を抑えたので、酔わせてしまうことはなかった。

アンヌは腕の中から僕を見上げて「まほうはいつからつかえるのですか？」「ワタクシもつかえるようになりますか？」と興奮した様子で僕を質問責めにしてくる。

先ほどまで怯えきっていたのが嘘みたいだ。キラキラと目を輝かせつつ、興奮からか頬を赤らめている。可愛いなぁ……女の子もやっぱり魔法に憧れるのだろうか。

さすがにこの格好のまま城門をくぐると公爵家の威光に影を落とすことになりそうだったので、公爵夫人には少し離れた草原で降りていただいた。

アンヌは無事に帰ることができた安心感からか、ひとしきり僕に質問すると、腕の中で寝てしまった。今もスヤスヤと天使のような寝顔を見せてくれている。

こんな可愛い寝顔の天使が、本当に悪役令嬢になってしまうんだろうか……。

「リュー坊ちゃま、こちらでお待ちいただけますか？　私が城門の衛士様に知らせて参ります。馬車を用意してくださるでしょう」

「分かった、頼むよアンジェル。公爵夫人、このメイドを使いに出します。しばらくこちらでお待ち願えますか？」

「ええ、分かりました」

公爵夫人が頷く。先ほどの衛士さんなら、亡くなった兵士達のことも含めて、諸々の手配をしてくれるだろう。

アンジェルが走り出し、あっという間に城門へ着いたのを見ながら、公爵夫人が話しかけてきた。

「私達は王都からの帰りだったのよ。普段なら何の危険もない馬車の旅だったはずなのに。突然オークが現れて、森へと逃げたのですが振りきることができず、ゴブリンにまで囲まれてしまいました。どうにか娘だけでも逃がせないかと考えていたところで……本当に助かりました、お礼を申し上げますわ」

そう言うと、何と公爵夫人は僕に頭を下げた。

「そんな！　頭をお上げください。たまたま修業している時に大きな音が聞こえたものですから、見に行ったら馬車が倒れていて……」

「大事な一人娘が無事だっただけでも、感謝すべきことなのです。このことは夫である公爵にきちんと伝え、お礼をさせていただきますわ。何かお望みはあるかしら？」

それじゃあ僕をアンヌの教育係にしてください！　などと言えるはずもない。そもそもたった五歳の僕が、アンヌの教育係になんてなれる訳ないもんな。

でもせっかく会えたのにな、と思っていると……。

「おかあさま、あのおはなし、このおかたがよろしいですわ」

ん？　アンヌ起きてたのか。それにしても、あのお話とは何だろう？

「あらアンヌ、女の子じゃなくてもいいのですか？」

「はい、このおかたがいいのです。おうとにおられるかたがたはイヤですわ」

それを聞いて、公爵夫人は何やら考え込んでおられる。はるばる王都まで、一体何の用事で出掛けていたのだろうか。

でもこれは僕が聞いていい話なのか、とアンヌを抱えたまま突っ立っていると、学園都市の城門から煌《きら》びやかな馬車が向かってくるのが見えた。

後ろには馬に乗った兵士達もおり、それらを先導してアンジェルが走ってきている。

「どうやらアンジェルとやらが上手く手配してくれたようですね。リュドヴィック、あなたも一緒にあの馬車に乗ってくださるかしら？」

あれじゃアンジェルが追い回されてるみたいだな、などと馬鹿なことを考えていたら、公爵夫人から思わぬお誘いを受けてしまった。

「え⁉　いえ、僕のような者がお二人とご一緒するなど……」

「ふふっ、ではその小さな手を振りほどけますか？」

言われて自分の状況を確認すると、腕の中のアンヌが僕の首へ両手を回し、抱きついているのに気付いた。しかもご丁寧《ていねい》に、キュッと目を閉じて寝たフリまでしている。

あれ、さっきまで喋ってたよね？　何してるんですか悪役令嬢、幼い頃はこんなキャラだったの⁉

どうすべきかと戸惑っているうちに、馬車が僕達の目の前で止まった。

何と、公爵家の馬車の御者《ぎょしゃ》をしていたのは僕の父、ロミリオだった。お父様は御者台から降り、公爵夫人の前で跪《ひざまず》いた。

「公爵夫人、お怪我はございませんでしょうか？　あと、その……息子がご無礼《ぶれい》なことを申しておりませんでしょうか」

「ありがとう、無礼なんてとんでもない。あなたのご子息《しそく》のおかげで、私も娘も無事に帰り着くことができました」

柔らかな笑みを浮かべる公爵夫人。

「頭を切る程度の怪我はしましたが、すぐにリュドヴィックが治癒魔法をかけて治してくれましたわ。将来が楽しみですこと」

「治癒魔法⁉　自分の息子ながらとても信じられませんが……とりあえず馬車にお乗りくださいませ。アンヌ様は眠っておられるのですか？」

「ええ、そうなのです。地べたに寝かしておくこともできませんでしょう？　リュドヴィックにはアンヌを抱えたまま馬車に乗ってもらいます。さぁリュドヴィック、お入りなさい」

お父様が目を剝《む》いて驚いているが、僕にやめろとは言ってこない。公爵夫人の手前、無理に止めることもできないのだろう。

でも本当にいいんだろうか、公爵家の馬車に僕なんかが乗って。

「リュドヴィック、ほらこちらへおいでなさい。早く城へ戻り、夫に無事な姿を見せて安心させたいのです」

そんな風に言われてしまっては、付いていくしかない。

「わ、分かりました。失礼致します」

乗り込む際にちらりとアンジェルを見やると、お父様の少し後ろで同じように跪いている。

僕一人だとやっぱり心細いのだけど、さすがにメイドも同乗させる訳にはいかないよね。

と思いきや、公爵夫人はアンジェルに向かって手招きをした。

「アンジェル、あなたも乗りなさい。城まで私達のお世話をお願いするわ」

「はい、公爵夫人」

答えるや否や、何の躊躇いもなく馬車に乗り込んでくるアンジェル。お父様はもう気が気でない様子だ。

「ロミリオ様、出してくださいな」

「はっ。お前達は森へと急ぎ状況を確認しろ！」

お父様は部下の兵士達に指示すると慌《あわ》てて御者台に戻る。

馬車が動き出すと、公爵夫人が語り始めた。

「今回私達が王都へ行ったのはね、アンヌの側仕《そばづか》えを決めるのが目的だったのです。ですが、なかなかアンヌが気に入る貴族の子供がいなくって。この子わがままだから」

側仕えというと、アンヌの身の回りのお世話をする人のことだ。あれ、ひょっとするともしかして、この流れは……？

「できるだけ歳が近い方がいいのですが、礼儀作法がちゃんとしていてある程度実力もある、三歳に近い年齢の貴族子女《きぞくしじょ》って、なかなか見つからないでしょう？　仕方なく諦めて帰ってきたんだけれど、ついさっきアンヌが見つけましたわ」

馬車がガタガタッと左右に揺れる。

街道を走っているんだから、そんな悪路ではないはずなんですけどね、お父様。

僕も動揺しているけれど、僕以上に動揺しまくりな父を見て、何だか冷静になれてしまった。

「つまりは、それが僕であるということでしょうか……？」

コクコク。寝たフリしているアンヌが頷く。何気に首に回す手の力が強くなっている。にがしませんことよ！　ってか？

僕にとって、願ってもない幸運であることは事実だ。しかしいいんだろうか。

そもそも僕は貴族子女ではない。お父様が準貴族だというだけであって、僕自身は平民。本来であれば公爵夫人とそのご令嬢と、同じ馬車に乗ることすら叶わない立場なのだ。

「私もアンヌも、あなたが魔物を倒すところを見ていますからね。オークを相手にするなんて、騎士でも一人では難しいことなのよ。それを危なげなく、無傷で倒している」

馬車が揺れる揺れる。あの、オークってそんなに強かったんですか……？

馬車を護衛していた兵士達がやられてしまったのも、不意を突かれたのではなく、単純にオークが強いからってこと？　大人の兵士でも敵《かな》わない相手だったのか。

アンジェルを見ても、表情はいつものままで、何を考えているのか全く分からない。

だけど馬車を揺らすほどうろたえているお父様の反応を見る限り、公爵夫人の仰っていることは本当なのだろう。

「夫にも会ってもらいたいですし、このまま公爵城へ付いてきてくださいな。色々と手続きも必要でしょう。よろしいかしら？　ロミリオ様」

お父様に話が振られる。

「……畏まりました」

何とか馬車を揺らさないようにするのに必死なお父様は、そう言うのが精一杯らしかった。

「うふふっ」

腕の中から嬉しそうな声が聞こえる。

アンヌ、もう寝たフリする必要ないんじゃない？


僕達の乗る馬車が、学園都市の城門をくぐる。

公爵夫人とそのご令嬢が魔物に襲撃されたという知らせは、街中《まちじゅう》に広まっていたらしい。街へ帰ってきた公爵家の馬車を見つけた人々から、安堵の声が聞こえた。

トルアゲデス公爵家って、民衆からの人望が厚いんだな。

民衆に無事を伝えるため、ゆっくりと馬車を進めるようお父様に指示を出す公爵夫人。

その指示に応えながらも、これからどうなるのか気が気でない様子のお父様。

何を考えているのか分からない、無表情なアンジェル。

そして魔物襲撃のショックからすっかり立ち直った様子のアンヌ。

そんな面々を乗せた馬車が、公爵城へと進んでいった。

公爵城の城門をくぐり、城の玄関で馬車が止まると、勢い良く玄関を開けて男性が飛び出してきた。

「おぉ！　マリー、アンヌ！　無事だとは聞いたが心配したぞ、よくぞ無傷で……」

「ただ今戻りました、あなた」

「ただいまもどりました、おとうさま」

アンヌがようやく僕の首に回した手を離す。

そっと降ろしてあげると、夫人と共に、彼女がお父様と呼ぶ男性――トルアゲデス公爵へと駆け寄っていった。

公爵が夫人とアンヌを抱き締める。

公爵は側室を持っておらず、子供もアンヌのみのため、二人が襲撃されたと聞いて心配でならなかっただろう。繊細《せんさい》そうなお顔を笑みでくしゃりとさせ、お二人の無事を喜んでおられる。

「無傷ではありませんでした。このリュドヴィックが治癒魔法で傷を治してくれたのです」

「何と⁉ 礼を言うぞロミリオ！ お前の息子のおかげだ、感謝してもしきれん‼」

「勿体ないお言葉にございます」

僕達はその場で跪き、公爵からのお言葉を拝聴《はいちょう》する。

シルヴェストル・リフドゥ＝トルアゲデス。まだ三十代後半と見える、王家の血を引く公爵だ。この学園都市を含む、広大なトルアゲデス公爵領を治める領主でもある。

「あなた、このまま玄関でお話をされるおつもりですか？」

「おっとそうだな、場所を変えるとしよう。既に用意はさせてある。それにジュリエッタも呼んでいてな、あまり待たせるのも悪かろう」

へ？　お母様を呼んだんですか？　何で？

あ、お父様がどこか諦めたような顔で僕を見つめている。何か思うところがあるんだろうか。

「さ、いつまでそんな格好《かっこう》をしているつもりだ？　楽にしてくれたまえ、我が弟よ」

は……!?　今あのおっちゃん何つった!?

「いえ、そういう訳には参りません、閣下《かっか》」

「ロミリオ様、いつまで意地を張られるおつもりですか？　お互い子供を持つ父親でしょうに。これからは昔のように家族ぐるみのお付き合いになるのよ。早く仲の良いご兄弟に戻ってほしいですわ」

お父様と公爵が兄弟？

……ってことは、少なからずリュドヴィック・ノマールには王家の血が流れてるってこと!?

そんな裏設定知らないよ！　何ですぐ死ぬ脇役にそんな設定があるんだよ!!

「その様子では、リュドヴィックは何も聞かされていなかったようだな……」

唖然としている僕を見て、公爵は溜息《ためいき》をついている。

「まぁ仕方のないことか。今後は私とも頻繁《ひんぱん》に会うことになるだろう。公爵と顔を合わせるとなると緊張するかもしれんが、こればかりは慣れてもらわんとな」

ということは、僕はアンヌのいとこにあたる訳か？　数年後に学園ですれ違うのがやっとかと思ってたのに、とんでもない距離をワープしてしまったな……。

「リュドヴィックさま、ごあんないいたしますわ」

アンヌが僕の手を引いてどこかへ連れていこうとする。ああ、場所を用意していると公爵が仰っていたな。

とてとてと歩くアンヌに連れられて、みんなで公爵城へと入っていった。


通されたのは公爵家のダイニングだった。長いテーブルに、所狭しと豪華な料理が置かれている。これがこの国一番の大貴族のおもてなしか！　すごくいい匂いがする。

「お久しぶりにございます。公爵閣下、公爵夫人」

「ジュリエッタ、久しいな。会えて嬉しいよ」

あ、料理に目を奪われて、ダイニングの隅《すみ》っこに控えていたお母様に気付かなかった……。

僕とアンヌが手を繋いでいるのを見ると、お父様のように目を剥いて驚いている。

「ひ、久しくご無沙汰《ぶさた》致しまして、誠に恐縮《きょうしゅく》でございます」

「堅苦《かたくる》しいのはナシよ、ジュリエッタ。私達の仲じゃないの」

公爵夫人がお母様の肩に手を添え、椅子へと座るよう促《うなが》した。それに合わせて、各々《おのおの》がテーブルに着く。

部屋の奥、公爵家の紋章《もんしょう》が飾ってある壁を背に公爵が座り、その左斜め前に公爵夫人、そのまた左隣にアンヌが座る。公爵夫人の対面にお父様、その右隣にお母様が座る、という形だ。

そして僕はといえば、アンヌに手を引かれるがまま、アンヌの左隣の席へと連れていかれた。

「リュドヴィック！　あなたは私の隣においでなさい!!」

お母様が慌てるも、公爵夫人により遮《さえぎ》られる。

「いいのよジュリエッタ、アンヌがリュドヴィックにそばにいてほしいのよ。今は公式の場じゃないのですから、昔馴染《むかしなじ》みとしてお食事をしましょう？」

「……はぁ。分かったわ、マリー。でもお食事をいただく前に、息子に説明をさせてもらえないかしら」

お母様が公爵夫人を呼び捨てにした!?　でも公爵もお父様も、それを咎《とが》める気はないらしい。とりあえず説明してくれるらしいから、黙って聞いておこう……。

「あなたは歳の割に聡明《そうめい》だから、ある程度は察しているのでしょうけれど……リュドヴィック、心して聞いてね？」

僕はお母様の目を見てコクリと頷く。

緊張が伝わったのだろうか、アンヌが小さな手で僕に水の入ったグラスを差し出してくれた。

アンヌは今の状況に似つかわしくないほどニコニコしている。アンヌには、今から聞かされる内容がどれだけ僕の人生を変えるのか、理解できないのだろう。

それでもいい、アンヌにはいつもどんな時にでも、こんな風に笑っていていてほしい。

そう思いながら、僕はアンヌから受け取ったグラスに口を付けた。

そのタイミングで、お母様が意を決した表情で話し出す。

「――あなたのお父様はこの国、メルヴィング王国の第三王子だったの」

「ブーーー!!」

そんなことを察せる訳がないじゃないか！　そりゃあ水も噴《ふ》き出《だ》すよ!!

「こらリュー！　公爵邸《こうしゃくてい》で何て粗相《そそう》をするんだ！」

うるさいよ元第三王子！　これが冷静でいられるか！　どんな心づもりしてたら、あぁそうですかってなるんだよ。

脇役に転生したと思ったら、実は父親が元王子様でした。そんな裏設定を聞かされて、すんなり受け入れられる訳がないじゃないか！

何なんだよ本当に。物語的《ストーリー》にはただの脇役だけど、この世界のこの国においては僕ことリュドヴィック・ノマールって結構な重要人物じゃないか……。

ゲームじゃすぐ死ぬ運命《シナリオ》でしょ？　誰がそんな裏設定に気付けるってんだよ。

僕の隣では悪役令嬢《アンヌ》がキャッキャと笑っている。まさかこうなるのを分かっていて、水の入ったグラスを寄越《よこ》したのか!?

いや、偶然だとしても、僕が噴き出したのを見て笑っている以上、悪役令嬢としての潜在能力がそうさせたのではないだろうか。本人の自覚なしに発動するスキル的な。

アンヌの両親である公爵夫妻を見ると、手を叩いて笑っている娘を微笑ましげに見ている。笑ってる場合じゃないでしょ……。

これは根が深いぞ、アンヌの性格を直すのならば徹底的《てっていてき》にやらなければならない！　僕がしっかりしなくては。

よし、オーケーオーケー冷静に考えるんだリュドヴィック。

元第三王子の息子で、しかも公爵家の姫君のいとこだってことなら、僕がアンヌの側仕えに選ばれても誰も批判《ひはん》はしないだろう。

驚きはしたけど、むしろこの裏設定はありがたい。僕もわざわざ異世界へと転生した甲斐《かい》があるってもんだ。

オーケー落ち着いた。何の問題もない。

ちなみに僕が口から噴き出した水は、部屋の端に控えていたアンジェルが魔法障壁《マジックシールド》を出して、テーブルの料理に飛ばないようガードしてくれていた。

何て魔法の使い方だよ……。そんな気軽に一瞬で出せるレベルの魔法じゃない気がする。

……それにしても、第三王子だったお父様が、どうしてはるか格下に当たるノマール士爵家へ養子に出されたんだろうか。

未《いま》だやまないアンヌの笑い声をＢＧＭに、お母様が話を続ける。

「お父様はね、王太子に内定しかけていたところから逃げ出したのよ」

「おいおい、そんな言い方はないだろう？　リュー、私とお前のお母様はな、駆け落ちしたんだ」

言い方変えても意味ないよ⁉　どっちにしても逃げてるじゃんか！

あ、ロミリオとジュリエッタってそういうこと？　ロミジュリかい‼

息子にありのままの事実を話せない様子の弟夫婦を見かねてか、公爵が説明を引き継いでくださった。

「リュドヴィックはまだ知らないだろうがな。この国の王家と貴族は、魔力の保有量で嫡男《ちゃくなん》、つまり跡継ぎを決めるのだ。私達は三人兄弟でな、三男のロミリオが一番魔力保有量が多かった。幼い頃から才能があり、たった八歳から身体強化魔法《フィジカルブースト》を使ってみせた。当時は神童だなんだと持《も》て囃《はや》されたものだ」

そうなのか、当主たる人物は魔力保有量の多い者がなると。僕もお父様と同じく三男だけど、もしかして両親は既に僕を次の当主として見定めていたり……？

いや、士爵は襲爵《しゅうしゃく》、つまり爵位の継承はできないから、僕達兄弟の中で誰かが士爵位に叙爵されたら、その人が次の当主に選ばれるっていう形になるはずだ。多分だけど。

まぁその前に、爵位をいただくに相応《ふさわ》しい功績を上げないとダメなんだろうけどな。

「私は次男だが、三人の中で一番魔力の保有量が少なくてな。そして長男もロミリオには及ばなかった。王家の人間は皆、ロミリオが王太子になると思っていたのだ」

王太子、次の王様ってことだよね。

何でそこから逃げたんだろうか。むしろ誇りや名誉《めいよ》に思いそうなものだけど。

「この国は十六歳で成人するが、王太子として指名されるのはそれ以降だ。肉体的にも魔力保有量的にもまだ伸びしろがある年代だから、王子の全員が十六歳になるギリギリまで、誰も王太子として指名はできない。もしかしたら他の兄弟がぐんと成長するかもしれんからな」

へぇ、大人になった後でも成長する余地が残っているのは意外だ。日々の稽古を怠《おこた》らなければ後から挽回《ばんかい》できるということか。

そこまでなら、理にかなった仕組みに思えるんだけどな……。

「そこで一つ問題があってな。王家としては、魔族に対抗するべく周辺国と親密な付き合いをする必要がある。簡単に言うと、王家の者同士を結婚させることによって、繋がりを強固にするのだ」

なるほど、ありがちな政略結婚の設定だ。この場合は政略ではなく、戦略と言い換えても差《さ》し支《つか》えなさそうだけど。

魔族、そしてそれを統《す》べる魔王の脅威《きょうい》にさらされているこの世界において、人族としては団結するべきということなんだろう。その団結を示す分かりやすい方法が、王家同士での戦略結婚という訳か。

「誰が王太子に選ばれるか分からない状況でも、先に王太子という立場そのものと、他国の王女との婚約を成立させておくことになっているのだよ。したがって、ロミリオが王太子に選ばれるということは、その者との結婚も自動的に決まるということだ。分かるか？」

僕は頷く。

ちょっとその方法は、あまりにも相手国とそこの王女に対して失礼な気がするけれど、お互いそういう取り決めの上で婚約を成立させているなら問題ないんだろう。昔からの慣習的な？

で、お父様はその、決められた相手がいる王太子になるのを嫌がった。と、いうことは……。

「ロミリオは幼馴染《おさななじみ》だったシャルパンティエ侯爵家《こうしゃくけ》長女、つまりそなたの母上と既に恋仲でな。他国の王女と結婚などできんと断りよった」

お母様、あんたもか!?　侯爵家って！　リュドヴィック《ただの脇役》にそんな濃《こ》ゆい設定必要なのか!?

今度は僕が目を剥いて驚いていると、両親揃《そろ》って「若気の至りだ（よ）」みたいな顔で照れくさそうに僕を見てきた。いや、それで済む問題じゃないと思うんですけどねぇ!?

「当時は王家が上を下への大騒動だったのですよ？　まさかロミリオ殿下《でんか》が、王太子の座よりも一人の女性を選ぶとは、と。他の者の人生も変わってしまうのですから」

公爵夫人の口ぶりからするに、その「他の者」の中には公爵夫人も含まれていたのだろう。

「妻のマリーはカトルメール侯爵家の次女でな、この公爵領を任される者と婚約することが決まっていた。ロミリオが王太子になれば、長男のエクトルがこのトルアゲデス領の公爵となってマリーを妻に迎えただろう。そして私も、また別の国の貴族家へ婿《むこ》入りする予定だった。それがどうだ、ロミリオがジュリエッタと結婚したいがために王太子になることを拒否した。他国へ向かう船に乗り込もうとする直前に二人を発見し、説得したが応じない。シャルパンティエ侯爵がジュリエッタを側室にしても良いと言うのも聞かずに、暴れ倒した」

ん？　話の雲行きがさらに怪しくなってきた。王子が好きな相手と結婚できないからって、交渉とかじゃなく暴れ倒した？

「魔法を打ちまくって周辺の地形を変えるわ、未踏《みとう》のダンジョンに二人して潜伏するわ、それはもう大変でな。そこまでするなら身分を士爵にまで落として、次期当主の座が空《あ》いているノマール家の養子に入れるぞと脅《おど》した。いいか、あくまで脅しだ」

どんどん呆《あき》れた表情になっていく公爵。よほど苦労したと見える。

「ノマール家で生まれたリュドヴィックに言うのは憚《はばか》られるがな。王家の人間が、身分を相続できない準貴族まで落とされるなど、普通なら考えられないほどの屈辱《くつじょく》なのだ。しかしロミリオは喜んでその脅しを受け入れた。そしてジュリエッタも嬉々《きき》としてロミリオに付いていきよった。そして現在に至る訳だ。はぁ……」

あ、途中で説明するのが嫌になったな？　最後が明らかに適当だった。長文を話すのって疲れるからね、仕方ないか。

何かもう、うちの両親が申し訳ないです……。

「閣下、『これ以上俺達に付き纏うのであれば、魔王軍へと下《くだ》りこの王国に侵攻するぞ』と脅し返したくだりが抜けております」

「お前は馬鹿か⁉　私がお前達の名誉を配慮してあえて言わないでおいてやったのに、自《みずか》ら恥を晒《さら》す奴があるか！」

お父様の補足に、公爵が突っ込む。……確かに、仮にも王太子に選ばれようという人物が発するセリフではないよな。

うちの両親、どうやらぶっ飛んだ人達だったようです。

ともあれ今の説明で、お母様が公爵夫人をマリーと呼び捨てにできる理由が分かった。お母様も貴族の出だったんだな。

「おなかがへりましたわ……」

アンヌの一言でこの話は終わり、食事をいただくことになった。

このままじゃ収拾つかなかっただろうし、空気読めてないようで読めてるんだな、この子。


みんなの食事が一段落した頃、公爵夫人がアンヌの側仕えの件を切り出された。

「それでですね、あなた。側仕えを選びに行った王都にはアンヌの気に入る貴族子女がおらず、どうしたものやらと思って帰ってきたのです。そこで不運にも魔物に襲われましたが、運の良いことにリュドヴィック達に助けられました」

アンヌと、そして僕にも関わる話題だ。自然と背筋が伸びるのを感じた。

「そこで、このリュドヴィックにアンヌの側仕えをお願いしようかと思っているのですが、いかがでしょうか？　アンヌはリュドヴィックのことをとても気に入っている様子ですし、礼儀や言葉遣いも問題ございません。加えて、オークを簡単に倒してしまう実力の持ち主です。側仕えとしては申し分ないかと」

「ふむ……」

公爵の反応は悪くない。

随分《ずいぶん》と買ってくださっているようだ。やや過大評価に感じるけれど、アンヌの側仕えになれるのなら、その評価に見合った働きを見せればいいだけのことだ。

正直、公爵ご夫妻にアンヌの子育ては任せておけない気がする。

アンヌは既に可愛いだけの女の子ではない。

礼儀正しく頭が回るのは良いことなのだが、人を困らせて爆笑するような、イタズラ好きでよろしくない気配も漂《ただよ》っている。

公爵ご夫妻はそんなアンヌの一面を、ただのお茶目だと思っておられる。僕が何とかして、正ヒロインの道へ誘導してあげないと。

当のアンヌは、公爵家のメイドにこのステーキ固いと文句を言っている。多分、まだアンヌが小さいからよく焼いておいてくれたんだと思うけどな……。

「ちょっと待って、オークを簡単に!? どういうことなのよマリー!」

ん? どうしたんですか、お母様。そんなに声を荒らげるなんて珍しい。

「そうなのよ、聞いてよジュリエッタ! リュドヴィックったらうちの兵士達が束《たば》になっても敵わなかったオークを、魔法を使ってあっという間に倒してしまったのよ。ノマール家ではどんな稽古を受けさせているの？　この子まだ五歳なんでしょう？」

僕は今日初めて学園都市の外へ出て、初めて魔物と対峙《たいじ》した。

同年代の子供よりも強いという自覚はあった。

けれど大人の、それも戦闘訓練を受けた兵士が複数人でも敵わないような魔物を倒せるなんて、自分でも思ってはいなかった。大人達が驚くのも当然か。

とはいえ、正直あの程度の魔物なら、冷静に戦えば兵士でも倒せるような気がするんだけどな。

これは慢心《まんしん》なんだろうか。

「そんな……」

お母様は、信じられないといった目で、指南役のアンジェルを見つめている。

そのアンジェルはというと、すまし顔ではあるけれど、どこかドヤッ！　って感情が見え隠れしていた。

「まぁ、さすがはこの二人の息子と言ったところなのだろうな。何せたった二人でダンジョンに潜って、何事もなく戻ってくる夫婦なのだから」

「いやいやいや、こいつまだ五歳だから！　俺らあの時にはもう成人してたから!!」

あ、お父様の素《す》が出たっぽいな。こんな口調は聞いたことがない。

「そうですわ！　私も、実家から宝珠《ほうじゅ》の腕輪《うでわ》を持ち出したからこそできたことですし……」

その一方、お母様は何かぶっちゃけてる。

「えっ、宝珠の腕輪って、シャルパンティエ侯爵家が二百年前に王家から下賜《かし》された腕輪のこと？　あなたのお父上、宝物庫から無くなっているって大騒ぎされていたわよね？」

「うっ……！」

お母様が公爵夫人に弱みを握られました。

そして出ました、宝珠の腕輪。『ケイオスワールド』における伝説の装備だ。

全部で三つ存在する伝説の装備だが、宝珠の腕輪に関しては学園都市から少し離れた砂漠にある迷宮《ダンジョン》の、結構深い階層にある宝箱に入っていたはず。

ってことは、宝珠の腕輪があそこにあるのは、リュドヴィックの両親が二人で迷宮に潜った時に落としてしまったからなのか。またしても必要かどうか分からない裏設定を知ってしまった。

もう少し強くなったら回収に行こうかな。アンジェルに付いていてもらえば修業にもなるし。

「だいたいお前達は、幼い頃から見ていて危なっかしかったのだ！　目を離すとすぐに二人でどこかへ行ってしまい、王城中を近衛兵《このえへい》が捜《さが》し回る始末。それも、いずれは王太子として選ばれるであろうという皆の期待があったから許されていたようなものだったのに」

「そんなことを言ってもだな兄貴、俺達は俺達で望む道があったんだ。勝手に将来を決められる身にもなれってんだ！」

「あのねロミリオ様、王族として生まれたからには……」

大人達が昔話に花を咲かせ始める。すると食事を終えたアンヌが、またも僕の手を取って席を立った。

「リュドヴィックさま、ワタクシのおへやへまいりましょう」

そうだよね、三歳のアンヌにはこんな大人の話はつまらないよね。お付き合い致しましょう。

連れてこられたアンヌの部屋は、大貴族のご令嬢に相応しい煌《きら》びやかな雰囲気と、三歳の女の子らしい可愛らしさが合わさったような部屋だった。

天蓋《てんがい》付きの大きなベッドがあり、枕元にはぎっしりとぬいぐるみが並べられている。

ここが幼き日の悪役令嬢が過ごす部屋か、想像とだいぶかけ離れているな。

まぁ、僕が知るキャラクターとしてのアンヌの十年ほど前になるんだから当然か。

窓際のソファーを勧められて腰を下ろすと、アンヌの部屋付きメイドがやってきて紅茶を淹《い》れてくれた。ちなみにアンジェルもこの部屋へ付いてきて、ドアの横で待機している。

「リュドヴィックさま、ワタクシのそばづかえのおはなし、うけていただけますか？」

隣に座り、僕の膝に手を添えながら上目遣《うわめづか》いでお願いをしてくるアンヌ。

もう、可愛いなぁ。こんな風にお願いをされて断れる男なんているもんか！

「はい、僕としてはアンヌ様にお仕えしたいと思っております。ですが……」

不意に、アンヌの小さな人差し指が僕の口に当てられる。

「リュドヴィックさま、ワタクシのことはアンヌとよんでくださいませ。そして、おとなのひととするようなおはなしのしかたはやめてくださいませ」

アンヌと呼び捨てにした上で、敬語もやめろってことか？

いやぁ、さすがにそれはダメじゃないかな。士爵家の三男が公爵家の姫君にタメ口で話すなんて、周りの大人達が顔を真っ赤にしたり、真っ青にしたりするのが目に浮かぶんだけど。特にうちの両親とか。

「ダメですか？　ワタクシのこと、おキライですか……？」

小首を傾《かし》げ、目を潤《うる》ませて不安そうに尋ねてくるアンヌ。ヤバい、庇護欲《ひごよく》が掻《か》き立《た》てられる。抱き締めて頭をヨシヨシしたい！

が、この場には部屋付きのメイドもいるので、そんなことはできない。でもまた敬語で話しかけるとアンヌが悲しむし……僕はどうしたらいいんだ！

「リュドヴィックさま……？」

ごめん、アンヌにそんな顔をさせるつもりはないんだ、くそう……。

……よし、分かった！　君のためなら世界だって敵に回してみせるよ。何てったって、君こそが今世で僕が生きる意味なんだから!!

「分かったよ、アンヌ。君が嫌だと言うまで、僕が君を守るよ」

すると不安そうな表情が一変し、アンヌは幼いながらに華やかな笑顔を見せてくれる。そして、勢いよく僕の胸へと飛び込んできた。

「うふふっ、うれしいですわ。これからはずっといっしょですわね」

その後しばらくして、公爵家の執事が僕達を呼びに来た。

「姫様、リュドヴィック様、皆様がお待ちですので応接室へお越しくださいませ」

「いやですわ」

アンヌ、ノータイムでのお断り。僕に抱きついてその場を動こうとしない。

親に呼び出されたからといって素直に「はい」と言うタチではないのだ。悪役《ヒール》キャラとしての片鱗《へんりん》を感じさせる。

今だ、今が大事だ。最初が肝心。

目の前にいるのはゲームの登場人物ではなく、僕のいとこの女の子だ。アンヌに近しい人間として、僕は言う時にはしっかり言うんだぞって姿勢を、アンヌに見せておかないと。

じゃないと、大事な局面でアンヌの生死に関わりかねない。

「アンヌ、僕の側仕えのことはまだちゃんと決まった訳じゃないんだから、お話を聞きに行かないと」

アンヌへの僕の口の利き方を聞いて、執事さんの眉間に少しだけ皺《しわ》が寄る。まぁそういう反応になりますよね。

「リュドヴィックさまはワタクシとあそぶの、おいやですか?」

そんな瞳で見つめられると何でも許したくなっちゃうけど……ぐっと堪《こら》えて正しい道に導いてあげないとな。

「嫌なもんか、でも側仕えになったら毎日一緒だろ？」

そうですわね、とご機嫌を直してくれたので、アンヌに手を引かれて応接室へ向かうことになった。


アンヌと手を繋いだまま、応接室へと入る。

「とりあえず一度家に帰って話をする。色々と確認したいことや、話したいこともあるんでな」

席に着くと、お父様が僕と、僕達の後ろに控えているアンジェルに向けてそう切り出した。

オークを倒したり、治癒魔法を使ったりという話が本当なのか、改めて確認したいのかな？

一方でお母様は、繋がれた僕とアンヌの手をじっと見て、何か言いたそうな表情をしている。

「そばづかえのおはなしはどうなりましたか？」

アンヌがまたも僕に抱きついて、大人達へと問いかけた。

公爵閣下はその様子を見て表情を硬くし、公爵夫人は表情を柔らかくする。どちらにしても僕としては非常に居心地が悪い。

「アンヌ、その話だがな、明日からすぐにリュドヴィックに側仕えをさせるという訳にはいかんのだ。物事には順序があってな、段階を踏まなければならないのだよ」

「いやですわおとうさま！　リュドヴィックさまは、ワタクシをまもるとやくそくしてくださいました!!」

アンヌが僕の背中へと隠れ、後ろからお腹へと手を回して抱きついてくる。まるで、これ欲しいから買ってぇ！　と駄々《だだ》をこねているかのようだ。

「今は分からなくても、そういうものなのだと聞き分けなさい」

はぁ……公爵閣下の僕の顔を見る視線が怖い。聞き分けろとアンヌに言い聞かせつつ、目では僕を睨みつけているように感じる。

あなたは僕に側仕えをさせたいのか、それともアンヌに近付けたくないのかどっちなのですか。

ご心配には及びません。仮に僕が望んでもアンヌと結婚することはないでしょう。

何故なら、アンヌはいずれ見出される勇者、マクシムと結ばれるのですから。

そして、そうなるようアンヌとマクシムを導くのが、僕の使命なのですから。

「アンヌ、ダメだと言っている訳ではないのですよ？　リュドヴィックを側仕えにするためには色々と準備が必要なだけです。少し時間は掛かりますが、必ず側仕えとしてあなたを守ってくださるわ。そうですわね？　ロミリオ様」

公爵夫人の言葉に、お父様が苦虫《にがむし》を噛《か》み潰《つぶ》したような顔をしている。

どんな手続きと準備が必要なのか分からないけど、僕が公爵城へ通って、アンヌのそばにいるだけで済む問題ではないらしいことは分かった。

僕としては何としてもアンヌの側仕えになりたい。懸念《けねん》があるのなら、家に帰った後に僕からも両親を説得しよう。

「この話は屋敷に持ち帰り、よくよく話し合わせていただきたく。アンヌお嬢様、今日のところは失礼させていただきます」

はっきりとは答えずにそう言って、お父様がアンヌへと頭を下げる。アンヌはまだ動かない。

「まあ、万が一側仕えのお話がダメだったとしても、リュドヴィックには毎日遊びに来てもらえばいいだけのことですわ。アンヌ、そうは思いませんか？」

公爵夫人の問いかけにしばし考えた後、アンヌがゆっくりと僕から手を離す。

そしてつま先立ちになって、僕の耳元で不安そうに「あそびにきてくださいますか？」と聞いてきた。もちろん僕は大きく頷く。

ようやく納得してくれたのか、アンヌは公爵夫人の隣へと戻っていった。

「ではこれにて、失礼致します。本日はお招きいただき、ありがとうございました」

改まってお父様がトルアゲデス公爵へ挨拶し、僕達を促す。

そうして公爵城をお暇《いとま》することとなった。

「あなた、このお話はお受けした方がいいのではないですか？」

「しかしだな……」

ノマール士爵邸の居間に、両親の話し声が響いている。

僕は帰宅してすぐ、僕とアンヌが離席していた間に、大人達が何を話していたか聞かされた。

まず側仕えについて。お母様の詳しいご説明によると、この国のしきたりでは、公爵家の姫君であるアンヌの側仕えには、誰でもなれる訳ではないそうな。

確かに公爵夫人は学園都市へと戻る馬車の中で、三歳に近い貴族子女、という言い方をされていた。

一方で側仕えとして白羽《しらは》の矢《や》が立った僕の立場は一般人、平民である。父親が準貴族というだけで、僕自身には何の社会的地位もないのだ。表向きは……。

そう、表向きは一般人である僕だけれど、生まれを辿《たど》ると父親は元第三王子で、母親は元侯爵家長女。さらには現国王を祖父に持つバリバリの高貴な生まれなのである。

祖父になんて会ったこともないし、今日初めて知った裏設定だけどね。

おじいちゃん、国王なんだってさ。母方のおじいちゃんは侯爵だって。

そりゃあ、どちらの実家にも行かないよな。駆け落ち同然で飛び出して、散々暴れた末《すえ》の今の生活なんだもの。行けないよ、勘当《かんどう》もんでしょ。

まあ一番気になるのは、駆け落ち騒動に付き合わされた先代のノマール士爵が、今どうしているかなんだけど、怖いから聞くのはよしておこう。お父様とお母様が、その人から恨みを買っていないことを祈るばかりだ。

そんな、実は高貴な生まれだけど表向きは一般人、という微妙な立場の僕を、アンヌの側仕えにするにはどうすればいいのか。大人達の話題はもっぱらこれだったらしい。

しかしそれについては、トルアゲデス公爵の権限でお父様の爵位を準男爵《じゅんだんしゃく》へと陞爵《しょうしゃく》させることが可能なのだそうだ。

準男爵であっても準貴族であることには変わりない。しかし、一ケ月後に行われる王国会議で、準男爵からさらに男爵へと陞爵させるよう、公爵閣下が今から国王陛下《へいか》へ上奏《じょうそう》してくださるという。男爵へは、国王陛下でないと陞爵させることができないからとのこと。

あ～、聞いているだけでも面倒な段階を踏むんだな。元王子といえども、士爵から男爵へと一段飛ばしで成り上がるのは、他の貴族家の手前、できないらしい。

さすがに大人の話過ぎて、ふ～んとしか言えなかった。

「私は、お前と子供達さえいればそれでいいんだ。爵位や立場などなくとも、どうとでもできるだろう？」

「あなたはそうお考えかもしれませんが、子供達が大きくなったらどう思うでしょうか？　少なくともリュドヴィックは私達の過去を知ったのです。アルフレッドとベルナールにも、いずれは伝えねばなりません。自分達に王家の血が流れていると知れば、どうして士爵家なのだろうかと不思議に思うでしょう」

いや、それは男爵であれ準男爵であれ同じだと思いますよ、お母様。

「だがなあ……」

お父様はだいぶ悩んでいる様子だった。

僕はこうしてそばで話を聞いているが、長兄のアル兄と次兄のベル兄は今この場にいない。

家に帰ってきたお父様のお顔を見た途端、ピャ～ッと逃げるようにして自室に引っ込んでしまったのだ。それくらい今のお父様はピリピリしている。

「……よし、とりあえずこの話は後だ。まずはリュドヴィックのことを話そう」

答えが出なかったのか、お父様は話を投げ出してしまった。

「アンジェル、リュドヴィックがオークを一人で倒したらしいな。本当か？」

「はい、本当でございます。いとも簡単に倒されました」

出たよ、澄まし顔に隠しきれないドヤ顔。

アンジェルも僕の成長を喜んでくれているってことだろうけど、両親の反応を見る限り、やはり通常では理解できないほどの急成長のようだ。

ゲームでなら結構簡単にレベルが上がるが、これはゲームではなく現実だ。

「オークを五歳の子供が一人でいとも簡単に、か。それだけでもとても信じられんが、治癒魔法まで使えるらしいな。どんな特別な稽古をすればそのような怪物が出来上がるのか……」

今、僕のこと怪物って言った？

ちょっとそれは酷くないだろうか。僕はただ毎日アンジェルに抱き締められたくて頑張っていただけなのに。

「ねえアンジェル、あなたの本当の姿を教えてくれるかしら？」

「……それは今すぐにここで、ということでしょうか？」

お母様が、アンジェルの秘密を暴《あば》こうとしている。お母様の言う『本当の姿』とは何だろう、他国のスパイなんかを想定しているのかな。

確かに只者ではないとは僕も思っていたけれど、そういう疑いはないと思うなあ。

ってか、アンジェルに関しては自分達が雇《やと》ったんじゃないの？　普通は雇う前に身元調査くらいするでしょうに。

「ええ、ここで今すぐによ」

「……畏まりました」

少し躊躇《ちゅうちょ》した後、アンジェルは覚悟を決めたように返事をする。

直後、凄まじい光がアンジェルから発せられた。

思わず僕は目をギュッと瞑《つむ》り、腕で顔を覆《おお》う。

そして……。

ドッカーン！

ガラガラガラドッシャーン!!

バラバラバラバラ……。

立っていられないほどの震動、何かが崩れ落ちるような衝撃、何かの破片が飛び散る音が聞こえる。

『ご安心ください、魔法障壁《マジックシールド》で皆様のことはお守りしております』

心に響くように聞こえるアンジェルの声。

恐る恐る目を開くと、そこにはワインレッドの巨大なドラゴンがいた。

辺りにあった壁や天井は砕け散っており、青空が覗《のぞ》いている。

『リュー坊ちゃま、これが私の本当の姿でございます』

そう言って、ドラゴン……否、ドラゴンになったアンジェルが僕に頭を下げた。

それはまるで跪くかのような、ドラゴンには似つかわしくない仕草だった。

「アワワワワワワワワ……」

お母様が泡を吹いて倒れてしまった。

いやいやいや、どうしてお母様が真っ先に倒れるんですか！　正体を見抜いた上で本当の姿を見せろって言ったんじゃないの!?　おかげで屋敷が半壊したんだけど!!

「な、何だこれは……!?」

倒れたお母様を抱き留め、お父様もどうしていいのか分からず呆然《ぼうぜん》とアンジェルを見ている。

そこへ、音と震動に驚いたアル兄とベル兄も、部屋から飛び出してきた。

「何がどうなったんだ!?」

「え、ドラゴン!?」

アンジェルの姿を見て、慌ててお父様の背中へと隠れる二人。さらにお父様を守るように、執事のフィルマンが前へ出て両手を広げる。

いや、フィルマンどっから出てきたの!?

みんな警戒しているけれど、このドラゴンが本当にアンジェルだというのなら、僕達に危害は加えないだろう。屋敷は別として……。

「アンジェル、それが本当の姿なの？」

「「「アンジェル!?」」」

『はい、私の本当の姿は、ドラゴン種ファフニール族の第一王女。名はアンジェル・ゴルドレアン・ファフニュレオンと申します』

「第一王女!?　アンジェルが!?」

もう勘弁してくれよ！　さすがに一日でこれだけの裏設定を並べられたら頭が痛くなってきたよ!!

「リュ、リュー？　お前、このドラゴンと会話してるのか……？」

「え？　アル兄はアンジェルの声が聞こえないの？」

他の面々を見ても、どうやら聞こえているのは僕だけらしい。

『リュー坊ちゃま、この姿では人語が話せません故、契約を交《か》わした主《あるじ》としか念話《ねんわ》が通じません。この声はリュー坊ちゃまにしか届かないのです』

契約⁉　っていうか僕が主《あるじ》だって⁉

「いつそんな契約を交わしたって言うんだ⁉」

『いつまでも私めをおそばにおいてくださいね、と意思表示を致しました。リュー坊ちゃまがそれを受け入れてくださったので、その時に主従契約が成立しております』

それ僕がまだ一歳の頃の話じゃん！

「何があった⁉　うわっ、ドラゴン⁉」

瓦礫《がれき》の散乱する居間に、公爵城で見かけた兵士さんが駆け込んできた。

「一家揃って夜逃げするかもしれぬからと、見張りを命じられていたが、これは……」

そうなんだ、お父様信用されてないね〜。お母様を連れて逃げた前科があるもんね〜、って今はそれどころじゃないよ！

とりあえず混乱が広がる前に、アンジェルに元の姿に戻ってもらおう。口で話さなくても念じればアンジェルと会話ができるんだよね？

『アンジェル、とりあえずみんなを落ち着かせよう。人間の姿に戻れる？　あ、ちょっと待って！今人間に戻ったら全裸だとかないよね⁉』

『ご心配いただきましてありがとうございます。人化と共に服も元に戻りますので、ご安心くださいませ』

またもアンジェルが激しく光る。

次に目を開けた時には、目の前でいつもの姿のアンジェルが跪いていた。

「我が主《あるじ》、私の本当の姿をお見せした上で改めて問います。これからも私めをおそばに置いていただけますか？」

「ああ、もちろんだとも……」

この状況でちょっと待ってだなんて言えないよ……。

そして翌朝。

「リュドヴィックさま、あさでございますわ。おきてくださいまし」

ううん、もうちょっとだけ寝かせてよ。まだまだ眠いよ……。

「リュドヴィックさま、あさになったらまたあそぼうとおっしゃいましたわよ」

言った、言ったけどさ、さすがに昨日は疲れたよ……。

初めて森で魔物を倒してさ、そしたら馬車が襲われててオークもいて、助けた相手は公爵夫人とそのご令嬢でしょ？

でさ、お父様が王子だったとか駆け落ちがどうたらとか、僕の人生が昨日で大きく変わったよね。

それでもってドラゴンだもの。何でドラゴン？　あれ出てくるのゲームの二周目でしょ？

「はぁ……ドラゴンがでてくるゆめをみておられるのですか？　うらやましいですこと。リュドヴィックさまのねがおをみていたら、ワタクシもねむたくなってきました……」

『――リュー坊ちゃま、そろそろ起きられた方がよろしいかと』

うおっ、何だ今の声⁉

念話に驚いて起きようとしたら、誰かに抱き締められていて身体が動かせなかった。あれ、アンヌ？　何でアンヌがここに？

「おはようございます、リュー坊ちゃま」

「え⁉　あぁ、おはようアンジェル。そうか、昨日は公爵城に泊まらせてもらったんだったね……」

昨日、室内でドラゴンへと変身したアンジェルのせいで屋敷が壊れてしまった。

いや、元々ドラゴンであり、ドラゴンが人間の姿になっている状態から姿を戻した訳だから、変身したという言い方は違うな。人化を解除した、とか？

まあそれは別にどちらでもいいけど、とにかく寝泊まりする場所が必要になった僕達は、やむなく公爵城へ戻ったという訳だ。

それにしてもアンヌは、いつの間に僕のベッドに潜り込んだんだろう。

起こしに来たつもりが、隣で寝てしまったんだろうか……可愛い。

そんなことを思いつつアンジェルに目を向けると、ベッドの脇に立ってこちらを見つめ、微笑んでいた。

『何か嬉しいことでもあったの？』

『ええ、やっとリュー坊ちゃまに、本当の私の姿をお見せすることができましたので』

僕とアンジェルだけが使えるこの念話は、契約魔法の一種らしい。

それにしてもドラゴンだよ。シナリオでは主人公であるマクシム・ブラーバルが契約するはずなのに。それも本編クリア後の二周目のイベントで。

魔王を倒してエンディングを見た後で、新たに最初からゲームを始める際に選べるオプション、「強くてニューゲーム」を選ぶとストーリーが変化する。その変化したストーリー上に新たに登場するのが、従魔としてのドラゴンだ。

でもなぁ、ドラゴンにも種族が存在して王家のようなものがあるなんて、そのストーリーの中で一切触れられてないんだよ。これも裏設定になるのだろうか。

アンジェルの正体は、ドラゴン種ファフニール族の第一王女。

神話やファンタジー作品に出てくる一般的なファフニールというと、宝物が大好きなんだよな、程度の知識しかないや。確か「抱擁《ほうよう》する者」って意味からファフニールと呼ばれるようになった、とも聞いたことがある。

そういえば確かに、しょっちゅう僕を抱き締めてくれるな。あれはファフニールとしての本能なのだろうか。ファフニールが抱擁するのは宝物だったはずだけどね。

ぼやぼや考えていても仕方がない。やんわりとアンヌの手をほどいて、ベッドから出る。

「おはようございます、リュドヴィック様」

あ、アンヌの部屋付きメイドさん、いたんですか……。

「おはようございます、アンヌはいつこちらへ？」

「つい先ほどでございます。私ではアンヌ様を止めきれませんもので……。申し訳ございません」

「いえいえ、構いませんよ。僕とアンジェルはお城の庭をお借りして日課の稽古をしに行きます。アンヌのことをお願いしますね」

「はい、畏まりました」

この人も、アンヌの自由奔放《じゆうほんぽう》っぷりに振り回されている様子だ。

僕から見るとアンヌは少し我《が》の強いお転婆《てんば》な女の子って感じで、言うことを何でも聞いてあげたいほど可愛いけど、それではダメだ。アンヌがわがままなお嬢様に育たないよう、僕が付いていないと！

『で、何でファフニール族の王女様が僕なんかに？』バシバシバシバシ
『我が一族は、あなた様をずっと捜していたのです』バシバシバシひらりバシ
『ずっと捜していたって、僕生まれてまだ五年しか経ってないんだけど』ダダダダダダッ

『詳しくは我が父、ファフニール王に会っていただく際に、王の口からご説明致します』シュタッ

僕とアンジェルは公爵城の中庭で、念話で会話しつつ武術の稽古をしている。

朝食前の少し早い時間帯に、五歳になってすぐの頃から毎日続けている日課だ。

ファフニールの王と会えって？　僕、リュドヴィック・ノマールだよ？

勇者でもないのにわざわざそんな、明らかにこの世界の大物っぽい人に会うイベント、必要なんだろうか。

アンジェルと向かい合って礼をする。朝の稽古はこれで終わりだ。

「リュー！　ここにいたのか!!」

お父様とお母様が、僕らの方へ小走りで向かってきた。

「おはようございます、お父様、お母様」

「ええ、おはようリュドヴィック。捜しましたよ」

何か緊急の用だろうか。

昨日卒倒《そっとう》したきり、夕方まで目が覚めなかったお母様。そのお母様以上に、何だかお父様の方が慌てている様子だ。

「リュー、兄貴が……いや公爵閣下が、お前をアンヌ様の側仕えにすることを正式に依頼してきた」

昨日は側仕えを勧めてきたのは夫人だけだったけど、今日になって公爵の方も決心がついたって

ことか。

「どうする、嫌なら私達は無理強《むりじ》いしない。何なら家族みんなで、どこか遠くで暮らしてもいいんだぞ」

僕は嫌だなんて一言も言ってないんだけど!

むしろ一般的には大変名誉なことなんじゃないの? お父様は何でそんなに慌てているんだろうか。

僕の顔がそんなに不思議そうに見えたのか、お母様が説明をしてくださった。

「側仕えはね、仕えるお人に一生付いていくこともあるのです。アンヌ様がご結婚されても、そばを離れることはないかもしれない。つまりそれは、リュドヴィックがノマール家を継ぐことができなくなるということです。私達は、我が家を継ぐのはリュドヴィックだろうと思っていました。ですが、側仕えになってしまえばそれは叶わなくなります。だからお父様は慌てておられるのですよ」

なるほど、そういうことなのか。

でも士爵家、いや男爵家か? どっちか知らないけど、アル兄かベル兄が継げば問題ないんじゃないかと思う。

自分勝手かもしれないけど、僕はアンヌを勇者のマクシムとくっつけられればそれでいいんだ。正統派ヒロインとしてアンヌに幸せになってほしいというのが、僕の一番の願いなのだから。

『リュー坊ちゃまは、ノマール家に留《とど》まるようなお方ではございません』

ん？　アンジェルが何か言ってる。言っているけど今は両親との話が先だ。

「それで、リュドヴィック。あなたはどうしたいですか？　アンヌ様の側仕えのお話、お受けしますか？」

お母様とお父様双方の目を見てから、迷わず僕は即答した。

「ええ、僕はもうアンヌと約束しました。アンヌを支えていこうと思います」

「……そうか。お前なりに覚悟は決めているようだな。よし、それならば、公爵閣下にお伝えしに行こう」


部屋でまだ寝ていたアル兄とベル兄を迎えに行った後、昨日通されたダイニングに向かった。

ダイニングでは既に、公爵閣下と公爵夫人が朝食をとっておられた。

アンヌの姿はないけど、まだ寝ているのだろうか。

「あら、皆様おはようございます。昨日は大変でしたから、疲れがまだ取れていないでしょう？

朝食の後もゆっくりお過ごしくださいね」

公爵夫人が気遣ってくださった。専用の器《うつわ》に置かれたゆで卵を、スプーンを使って上を切り取り、黄身だけを口に入れている。さすがは公爵家の朝食だ。

朝の挨拶をし、食事が用意されたテーブルに着くと、早速お父様が切り出した。

「公爵閣下、アンヌ様の側仕えの件、我が三男が是非ともお引き受けしたいと申しております」

「そうか。あの子はわがままだ、大変だとは思うがよろしく頼むぞ、リュドヴィック」

「はい、畏まりました」

僕が答えると、公爵閣下、まぁ僕の伯父《おじ》様だった訳だけど、その伯父様が目尻を下げて頷いた。

僕がアンヌの側仕えを受けることで、伯父様と、弟であるお父様との仲を修復することもできるのだ。アンジェルは何か異を唱えていたけれど、僕としてはこれで良かったと思っている。

「それとな、本日付けで正式にロミリオ・メディナ＝ノマールを準男爵へと陞爵させる。先ほど陛下への上奏書を持たせた使いを王都へ送った。来月の王国会議になれば、男爵へ陞爵されるであろう。心しておくように」

「……畏まりました」

神妙《しんみょう》に頷くお父様。

そしてそのやり取りを見ても、何の話をしているのか全く分かっていなそうな二人の兄達は、テーブルの上に並べられた料理をチラチラ見ていた。うんうん、お腹減ったよね、もうちょっと待とうか。

「準男爵への陞爵の理由は、昨日の魔物の襲撃から妻と娘を守った功績によるものだ。家人の功績は当主の功績である。リュドヴィックの成《な》し遂《と》げたことを誇るのならば、爵位は素直に受け取ることだな」

お父様が公爵閣下に釘《くぎ》を刺されている。

昨日も夜逃げしないように見張られてたらしいし……王子時代のお父様は、駆け落ち以外でもだいぶヤンチャをしていたんだろうな。

「それとね、ロミリオ様、ジュリエッタ。ノマール邸が魔法の暴発《ぼうはつ》で吹き飛んでしまったのでしょう？　もうどうせだから、この城に住んじゃいなさいな」

流れに乗るかのような口調で、公爵夫人もそんなことを仰る。

実は昨日のあの件は、駆けつけた公爵城の兵士がお父様の知り合いだったことを利用し、口裏を合わせて隠蔽《いんぺい》してしまった。

ドラゴンが屋敷を吹き飛ばしたなんて正直に報告すれば、公爵夫妻を卒倒させかねない上、街《まち》中《じゅう》が大騒ぎになってしまうからだ。

どんな魔法を使ってオークを倒したのか聞き、僕が実際に見せようとしたところ魔法が暴発して家が吹き飛んだ、という話を作った訳である。

そんな五歳の爆発少年を、娘の側仕えにしたいというのは少し考えが足りないような気もするが、自分的には好都合なので良しとする。

「いえ、さすがにそれは……」

「リュドヴィックさまー！」

お父様の言葉を遮《さえぎ》るようにバンッ！　とダイニングの扉が開き、泣きじゃくっているアンヌが飛び込んできた。

「リュドヴィックさま、いなくなられたのかとおもいましたわ！」

アンヌは椅子に座っている僕の膝をポカポカと叩く。後から追いついてきた部屋付きのメイドが、ペコペコと頭を下げていた。

いえいえ、大丈夫ですよ。

「ごめんね、アンヌ。朝起きたらアンジェルと武術の稽古をするのが日課なんだ。起こすのも悪いと思ったんだよ」

「ぶじゅつのおけいこですか……？　ワタクシもあしたからごいっしょいたしますわ！」

アンヌは何故かアンジェルを睨みながら、そんなことを言い出した。

「あらあら、それでしたらやはり、リュドヴィック達にはこの城で一緒に暮らしてもらいましょうか。そうすれば、毎朝一緒にお稽古できますものね？」

夫人はそう言って微笑む。

断る機会を逸したお父様は、すっかり縮こまってしまっていた。

『わがままな小娘がどこまで耐えられるのか見ものですね』

何だかアンジェルの黒い本音が聞こえる。

そのわがままな小娘を、正しい道へと導いてあげるのが僕の目的だからね。アンジェルにも協力してもらいたい。

だから三歳の女の子を睨み返すようなこと、しないでほしいな……。

こうして僕達ノマール一家の、ゲームのシナリオとはかけ離れた新しい日々が、この公爵城で始まったのだった。

第二章：砂漠の迷宮攻略

アンヌの側仕えに任命された一ヶ月後の王国会議で、お父様は何と男爵のさらに上位、子爵《ししゃく》になって帰ってきた。

これで「準」ではなく、正式に貴族であるという扱いとなった。

お父様は国王であるお父上（僕から見ると祖父）との和解が成立。

王太子にすることはできないが、子爵として兄であるシルヴェストル・リフドゥ＝トルアゲデス公爵を支えるよう申し渡されたという。

お父様の陞爵は他の貴族達からも何の異論もなく受け入れられ、早くさらに上の伯爵や侯爵へ、という声も聞かれるとか。

第三王子だった頃を知っている高位貴族からすると、やりにくくて仕方ないそうだ。

これまでお父様は公爵配下の士爵であり、高位貴族と関わりなどなかったから良かったものの、子爵になると交流も増えるのだろう。元第三王子に跪かれるなんて、確かに落ち着かないよね。

血筋や社会的立場など面倒だ、と思っていたであろうお父様だけれど、ここ最近は王国貴族達の中でメキメキと頭角《とうかく》を現しているらしい。

お母様も喜んでいて、駆け落ちまでした自分達の関係を周りから正式に認められたのが、素直に嬉しいのだろうと思う。

「きっとリュドヴィックに影響されたのね。父親として思うところがあるのですよ」

そう話すお母様のお顔は、幸せでいっぱいという表情だった。

一方僕達三兄弟は、お父様が子爵へと陞爵されて半年後に父方祖父、つまりメルヴィング王国を治める国王陛下との謁見《えっけん》が許された。

王都へ出向き、両親と僕達兄弟、そしてトルアゲデス公爵閣下（最近はシル伯父様《おじさま》と呼べとうるさい）の六人で謁見した。

ゲームのストーリーで出てくる国王は、やたらと厳《いか》めしいお人だったんだけど、実際に会うと目尻を下げてにこやかに笑いかけてくれる好々爺《こうこうや》だった。王妃《おうひ》は物静かな方で、とても良くしてくださる。

謁見の場を辞する時も、欲しいものはないか、困っていることはないか、したいことはないかと祖父母揃ってやたら甘やかそうとしてきた。これも意外な裏設定だった。

お母様曰《いわ》く、会いたくても会えなかった孫に会えて嬉しいんだろうとのこと。

これからはいつでも好きな時に来なさいとお爺様は言うけど、いや無理でしょ。ここ王城ですよ？

そうして早いもので、僕がアンヌの側仕えになってから三年の月日が流れ、僕は八歳になっていた。

お父様が子爵になったことにより、僕の兄達の心情は劇的に変わっていた。

地位が約束されない士爵家を継ぐのと、永世貴族《えいせいきぞく》である子爵家を継ぐのでは大きな違いを感じたらしい。このままでは、長男次男を通り越して僕が嫡男に選ばれてしまうと、ある種の危機感を持っているようだ。

成り行きで公爵城に住むようになってからの三年の間で、朝の稽古をアル兄とベル兄、そしてアンヌと一緒にすることが日課になっている。

そして、のちに勇者として選ばれるであろうマクシムも加わった。

「さすがっス兄貴！　蹴られた太ももがビリビリするっス」

こいつうるさい。そしてしつこい。僕が手加減しているとはいえ何度も立ち上がってくる。

いや、立ち上がってきてくれないと困るからいいんだけどね。まだこれでは魔王を倒すことなどできないだろう。だから僕はさらにマクシムへ攻勢を強めていく。

そんな僕とマクシムの組み手を見るアル兄とベル兄のやる気が、どんどん萎《な》えていくのが分かった。負けてられないと奮闘してもらいたいものだ。

八歳のやり取りとは思えないほどのスピード、そしてスタミナ。幸いなことに、マクシムは勇者としての素地ができつつある。

あとはアンヌと仲良くなってくれればいいんだけれど……。

「そりゃぁ！」

わざと隙を見せて誘い込むと、吸い込まれるようにマクシムの右足が蹴り入れられる。

「リュー様、危ない！」

それを見てアンヌが、すかさずマクシムへと火魔法を投げつけた。

「うわぁっぶねぇなぁ！　何すんだアンヌ‼　もうちょっとで兄貴に一発入れられたのに‼」

顔への直撃を仰《の》け反《ぞ》って間一髪で避《よ》けたマクシム。

「大丈夫ですかリュー様⁉　このようなチンピラに後れを取ってはなりませんわ！」

——そう、この二人、飛びきりに仲が悪い。

勇者と悪役令嬢という運命《シナリオ》からは逃れられないのか、僕がどう二人の仲を取り持とうとしても反発し合う。毎回こんな調子で、仲裁《ちゅうさい》するのがやっとだ。

「やめろ二人とも！　アンヌ、これは組み手だ。やるもやられるも関係ないんだから、手を出しちゃダメだ。それに僕がこいつに負ける訳ないだろ？」

アンヌはその言葉に反論しようとして、ぐぬぬと踏み止まる。

「それとマクシム、今のは僕の誘いに乗せられてたぞ。アンヌの横槍がなければ、今頃お前は軸足《じくあし》を取られて地面に伏せていたはずだ。一部の動きでなく全体の動きを見るんだ」

平民であるマクシムは本来なら、勇者として選ばれるまでは公爵城に入ることなどなかっただろう。

僕の幼馴染ということと、同世代の子供同士でいっぱい遊ばせるべきというお父様の助言により、特別にシル伯父様の許可を得ているのだ。

毎朝一緒に稽古を受けている二人だが、だからといって仲良くできるとは限らないらしい。事あるごとに言い合っているが……特に理由なく争っているようにも見える。

「兄貴、もう一回だ！」

「リュー様、そろそろワタクシと魔法の練習を致しましょう！」

「待てよ、今のはアンヌに妨害されたからナシだろ！」

「何ですってこのチンピラ！」

ほら、また些細《ささい》なことで言い争いを始める。もう少し大きくなれば何かが変わるのだろうか。仲が良いほど喧嘩する、ならばいいんだけど。

アンヌを守れるようにマクシムを鍛えることはできる。けれど、僕自身に恋愛経験が全くないので、キューピッド役まではできそうにない。

何か上手い方法はないものだろうか……。

口を開けば言い合いになるマクシムとの関係とは対照的に、アンヌはアンジェルに対して積極的に関わろうとしなかった。

子供なりに反りが合わないと感じるのかもしれないけど……こちらも様子を見る必要がありそうだ。

朝の稽古を終えた後の朝食の席、マクシムを含めて家族みんなでテーブルを囲むのも日課だ。

「――そうですか、ついにお会いできるのですね」

「ええ、お父様と国王陛下が和解されて三年経ちます。今の今まで遠慮《えんりょ》されていた私のお父様も、そろそろ頃合いではないかと思っておられるみたいなのよ」

お母様から、お母様方の祖父アルノルフ・テゾーロ＝シャルパンティエ侯爵に謁見できることになったと聞かされた。

「私ももう十年以上お会いしていないのよ。手紙でのやり取りはしていたのだけれどね」

「シャルパンティエ侯爵には大変なご迷惑をお掛けした。何か気持ちが伝わる贈り物でも用意できればいいのだがな」

お父様も子爵となったことで、それぞれの実家との繋がりを考えるようになったのだろう。

今では永世貴族なのだから、家同士の関係は自分だけでなく、跡取りやその後の当主へと受け継がれる大事なものなのだ。

それにしても、お父様が言う気持ちの伝わる贈り物って何だろうか。

気になったので聞いてみる。

「どんな贈り物が喜ばれますか？　お爺様は何がお気に召しますでしょう」

こういう時、アル兄もベル兄も口を閉ざして全く喋らなくなる。ノマール子爵家を継ぎたいと思っているのなら、もっと積極的に思っていることを口にすべきだと思うんだけど。

「それはもう、無くなった宝珠の腕輪が見つかれば、これ以上ない親孝行になるのではないか？」

シル伯父様のお言葉に、「うっ！」っと顔を歪めるお母様。あらら、痛いところを突かれましたね。

「あなたも意地悪なことを仰いますね。そう簡単に見つかるのなら、ジュリエッタもあのような顔は致しませんよ」

マリー様も追い打ちをかけるようなことを言う。

この薄い笑みを浮かべておられるご婦人を、『公爵夫人』と呼ぶと寂しがられてしまい、かといって『マリー伯母《おば》様』なんて呼ぶとギロリと睨まれるので、僕はマリー様と呼ぶようになった。

お母様は、恨めしそうなお顔でシル伯父様とマリー様を睨みつけていた。

「侯爵家の家宝が無くなったんスか？　賊《ぞく》でも入ったんスか？」

マクシム、お前は黙っとけ。

お母様が実家から持ち出して、失くしてしまった侯爵家の家宝。

僕はその宝珠の腕輪の在《あ》り処《か》を知っている。

この学園都市から丸二日ほど馬車を飛ばした先の砂漠にある、迷宮の奥底の宝箱に入っているのだ。いつか取りに行こうと思ってはいたが、なかなかタイミングが掴めず未だ探索には行けていない。

『ねえアンジェル、砂漠の迷宮に行ってみたいんだけど、僕でも攻略できるだろうか』

そう念話で尋ねてみる。

『問題ないと思われます。私がいれば大抵《たいてい》のダンジョンは攻略可能かと。何なりとお申しつけください。何でしたら今からでもドラゴンの姿になり、ひとっ飛びでお連れできますが？』

いやいや、学園都市でドラゴンの姿なんか見たら、住人がパニックを起こして大変なことになるからダメだってば。

でもそうか、僕でも攻略できるのなら腕試しにはなるし、失くした家宝も見つけられれば、シャルパンティエ侯爵への良い手土産になるだろう。

うん、なかなか良い考えだ。

砂漠の迷宮の攻略にどれだけ時間が掛かるかは分からないが、この学園都市からだと往復するだけで丸四日掛かってしまう。

アンヌ達を魔物から救った一件で、僕の実力が公爵城中に知られているとはいえ、八歳の子供が四日以上の旅に出るなど許される訳がない。

平和な日本で暮らしていた僕の感覚ですらそうなのだから、魔物蔓延《はびこ》るこの『ケイオスワールド』の世界なら尚更だ。それもただの旅ではなく、魔窟《まくつ》である砂漠の迷宮に挑むなど言おうものなら、ダメだ以外の返事が来るとは思えない。

混乱を避《さ》けられるのであれば、アンジェルが言っていたように、ドラゴンの姿で僕を背中に乗せてひとっ飛びしてもらうことで、時間を大幅に短縮できるだろう。

そうなると、移動時間のことはひとまず置いておいて、迷宮攻略にどれだけの時間が掛かるかということが問題になる。

別に攻略してしまう必要はないんだけれど、どうせ奥底まで行くなら攻略したいよね。

今の僕でダンジョンのボスを倒せるのか、腕試しがしてみたい。ここのところ魔物相手の実戦も全然できていないしな。

何故実戦ができていないかというと……。

「リュー様、今日は何をして過ごしましょうか」

公爵家ご令嬢、アンヌの側仕えだからだ。

僕の仕事はアンヌのそばを離れないこと。だからちょっと出かけてきます、ということができなくなっていた。

僕が街の外に出るなんて言ったら確実に付いていくと言うだろうけど、公爵家の姫君が簡単に街から出るべきではないだろう。ただでさえアンヌは三歳の時、王都からの帰り道で魔物に襲われ、危険な目に遭《あ》っているのだから。

そういう訳で僕はアンヌの側仕えになって以来、気軽に街の外へ出られなくなった。

もちろん自分の置かれた立場は理解しているつもりだ。アンヌのそばにいられるだけで、十分幸せなことなのだ。

前世と違い、健康な身体に生まれたことに慣れきってしまったのかもしれない。あれもしたい、これもしたいと欲張ってしまっている気がする。

まだ焦ることもないだろう。街の外に行けないだけで、決して公爵城から一歩も出られない訳ではないのだから。

「兄貴、向こうの区画に住んでる男爵の子供が、自分のことをこの街で一番強いとか言って我が物顔で振る舞っているらしいんだ。いっちょシメに行きましょうや」

だから僕は、そんなマクシムの誘いに乗ることもできる。

できるのはいいんだけど、何でお前は相変わらずそんな下っ端キャラなんだ？

一応この世界の主人公のはずなんだけど。もうちょっと主人公としての自覚をだな……無理か。

あ、その男爵の子供をダシに使って、マクシムの自覚を促すいい機会にはできないだろうか。

いちいち僕に報告するのではなく、自分の判断で自分の正義を貫《つらぬ》く、そんな主人公らしい人物になってもらいたい。初めて出会った時はそれができてたんだし、可能性はあると思いたいのだが。

そうだ。僕は脇役として、マクシムが活躍できるよう手助けをしないと。

アンヌのためならば、たとえマクシムの踏み台になろうとも構いはしない。

「リュー様はワタクシと一緒にお茶を楽しむのです。リュー様の弟分みたいなものなのですから、あなたがその子供にお相手して差し上げれば良いではありませんか。いちいちリュー様のお手を煩《わずら》わせないでいただきたいですわ」

……そんな僕の覚悟を台無しにするアンヌ。

口調こそ丁寧だが、言っている内容を見れば完全に喧嘩《けんか》を売っている。

何というか、ふわっふわの扇子で口元を隠しながら言いそうなイメージというか。実際のアンヌは僕の服の袖《そで》を握って、絶対に行かせるものですか！　とマクシムに対抗心を剥き出しにしている。

「いや、僕が行こう。貴族子女としてケジメは付けないと」

「そうですわね、どちらが上か立場を分からせて差し上げましょう」

お茶の話はどこへやら、アンヌは一瞬で手の平を返した。

うわぁ……マクシムを勇者らしく育てようと思ったのに、アンヌが悪役令嬢としての経験値を積んだだけな気がしてならない……。

公爵城を出て、例の男爵の邸宅《ていたく》がある区画へと向かう。

マクシムが先頭を切って歩いており、アンヌは僕の右腕に抱きついている。その少し後ろにメイド姿のアンジェルが付いてくる。

『小娘は手を引いてもらわないと歩けないのでしょうか』

ちょいちょい口（？）が悪いアンジェル。心で毒づくのはいいが僕に念話を飛ばさないでほしい。

本当は僕とアンヌとマクシムの三人だけで行きたいところなんだけど、アンヌの公爵令嬢としての立場上、どうしても護衛の付き添いが必要となる。

その点に関して、アンジェルは僕達に毎朝稽古を付けてくれていることもあって、シル伯父様からの信頼が厚い。

そのような事情で、だいたい学園都市内をブラブラする時はこのメンバーだ。

街の住人達は僕達のことをよく知ってくれているし、さりげなく護衛の兵士達も配置されているので問題ない。

まぁよほどの不測の事態でもない限り、アンジェルに鍛えられた僕が後れを取ることはないと思うけどね。

そうだなぁ、空からドラゴンの群れが襲ってくるような展開ならヤバいかもしれない。ないな、ないない。

住宅地区を中ほどまで進むと、市民の憩《いこ》いの場として親しまれている公園がある。

公園の中で、噴水の縁《ふち》に仁王立《におうだ》ちし、他の子供へ偉《えら》そうに何か言っているガキんちょを発見。

「兄貴、あれっス」

うわぁ、あんなにでっぷりと太って筋肉もなさそうなのに、僕よりも強いだって？　一から鍛え直してやろうか。

「おいハッシュ、兄貴を連れてきてやったぞ！」

マクシムが下っ端キャラ全開でハッシュに吠える。取り巻きの子供達が一歩二歩後ろへと下がり、道ができた。

「マクシムか、平民風情《ふぜい》が貴族子女たる高貴な俺を指差すとは。これだから育ちの悪い奴は嫌いなんだ」

肉付きのいい顎《あご》をぷるんぷるんとさせながら嫌みを言うハッシュ。歳は僕と同じくらいなのに、体重は倍ほどありそうなくらい肥《こ》えている。

「あら、マクシム。あちらでふんぞり返っておられるのは、高貴なお方なの？　ワタクシに紹介してくださる？」

普段からアンヌの行いに事細かく口を出しているつもりだったんだけど、それでもアンヌの悪役令嬢じみた性根はなかなか直すことができないでいる。

というか、何なら悪化しているんじゃないか？　これ……。

こういう場面で嬉々として先頭に立ちたがる性格とか、自分の方が口が立つと分かるとすぐ相手を煽るやり方とか。

そんなアンヌに跪いて、マクシムが紹介をする。

「ハッ！　あちらにおわすはポムドテール男爵が長男、ハッシュ・ド＝ポムドテールのクソ野郎でございます」

何か茶番じみた芝居《しばい》が始まった。こういう時だけ息が合うのな。端《はた》から見ればマクシムがアンヌの側仕えに見える。何かちょっと腹が立つ。

クソ野郎のくだりは耳に入ってなかったんだろうか、ハッシュが馬鹿にしたような顔でアンヌを見下ろした。見下ろしている相手が誰なのか、男爵の長男というだけで世間知らずな子供には理解できる訳がない。

「おい、そこのちんまい女は誰だ。高貴な生まれである俺とお近付きになりたいのかな？」

ぶぅ～っ！　こんな芋臭いキャラも珍しいな。思わず噴き出してしまった。

「今笑ったのは誰だ！　この俺にケチ付けようってのか⁉　何突っ立ってるんだ、今すぐ跪け！」

あぁ、何かここまでくると、この芋野郎が可愛くなってきた。この子の言う通り跪いてあげようか。よいしょ。

「名を名乗れ！」

「ハッ！　私はロミリオ・メディナ＝ノマール子爵が三男、リュドヴィック・メディナ＝ノマールと申します。そしてこちらにおわすは我が主《あるじ》、アンヌ・ソフィー・リフドゥ＝トルアゲデス公爵令嬢にございます。此度《こたび》はアンヌ様が大変無礼なことを申し上げまして、お詫《わ》びの言葉もございません。どうか穏便《おんびん》に収めていただくことはできないでしょうか？」

僕がそう許しを乞《こ》うと、ハッシュの取り巻き達が蜘蛛《くも》の子を散らすように逃げていった。

当のハッシュは目が点になっており、噴水の縁に立ったまま固まっている。取り巻きの方が状況判断が早いみたいだな。

子供のやったこととはいえ、これをきっかけにポムドテール男爵家が取り潰される可能性だって、なくはないのだ。

まぁシル伯父様は子供の喧嘩に出張《でば》ってくるような大人げない領主ではないんだけどね。この程度でいいだろう。開き直って殴りかかってくる様子もないし、本当にただの口から出まかせ野郎だった訳だ。

「マクシム、シメるってこれくらいでいいのか？　手合わせできるかと思って来てみたら、ただの吹かし野郎だったんだけど」

いや、蒸かし野郎か、芋だけに。

「そうっスね、見た感じ腕っぷしが強そうでもないですし。魔法ができるとかっスかね？」

さぁ、それはどうだろう。あ、アンヌが固まったままのハッシュを指で突いた。

ドッパ～ン！　固まったままの姿で噴水に落ちるハッシュ。ケラケラと手を叩いてアンヌが笑っている。

「こらアンヌ、そんなことをするんじゃありません。公爵令嬢がこんな芋野郎に触れるなど、ばっちいばっちい」

アンヌの指をハンカチで拭いてやる。

その様子をじっと見守るアンジェル。ダメだ、誰も突っ込まないからボケっぱなしになってしまう。やっぱり僕がツッコミに回らないとダメなんだろうか。

そんなどうでもいいことを考えていると、ようやく我に返ったハッシュが噴水から出てきた。そしてびちょびちょのまま地面に這《は》いつくばる。

「も、申し訳ございませんでした！　公爵ご令嬢と子爵ご令息《れいそく》とは露《つゆ》知らず、大変ご無礼なことを……」

謝ってる謝ってる。自分のしたことで親が大変なことになるかもしれないという、本当に最低限の常識はあるらしい。

逆に振りきれて、それがどうしたと殴りかかってきてくれた方が、僕としてはやりやすかったんだけど。まぁ仕方ないか。

基本的にこの世界では、貴族だから偉いという理屈は通用しない。

その昔、魔族との戦いで最前線に立っていた何人もの勇者達が、魔族から取り返した土地にそれぞれ国を興《おこ》した。そして彼らの子孫達が代々、王侯貴族として各国を守っているのだ。

長子継承ではなく、魔力保有量の高い子供を次期当主に指名するのも、これが理由だ。魔族から土地を、国民を守るために。

魔族の侵攻、魔物の脅威があるこの世界において、貴族とはすなわち人族の守護者である。

ただ生まれが高貴だからといって偉そうにできる訳ではない。強く、民を守る力があってこそ認められる地位である。

相手が公爵令嬢であろうが平民であろうが、最低限の敬意は持って接するのが、メルヴィング王国の貴族としての礼儀なのだ。

まあハッシュの場合、それを大きく欠いていた訳だけど。

「お爺様に言いつけてやろうかしら」

ガタガタガタガタ、下を向いたままのハッシュが震え出す。アンヌの言うお爺様が国王陛下を指すことを理解しているらしい。

「これくらいにしておこう、アンヌ。なぁハッシュ、お山の大将するのもたいがいにしておかないと、そのうち痛い目に遭うぞ？」

一応釘を刺しておいてやる。カクカクと首を縦に振るハッシュ。

そんなハッシュを立たせて、服を乾かしてやる。右手に火魔法、左手に風魔法を発動させて、熱風をハッシュへ浴びせる。

アンジェルにも反対側から同じく魔法を使ってもらうと、ハッシュの服はあっという間に乾ききった。

「すみませんっシタ！　すみませんっシタ！」

ペコペコと頭を下げて去っていくハッシュ。あんな奴でも、かつて魔族からこの国を守った勇者の末裔《まつえい》な訳で。

無闇に人に対して偉そうな態度をせず、貴族らしく民を守る人間になってほしいものだ。

これで一件落着……いやちょっと待った。

「ペコペコしてやしたねぇ～」

ニヤニヤと話すマクシム。そんなお前も自分の態度を、意識して変えてほしいと思ったからこそ、今回僕が出張ってきたんだけどなあ。

「あのなぁマクシム、僕から見たらマクシムもあんな感じだよ？　もっと堂々としなよ。別に僕は、お前より強いからってペコペコしてほしいなんて思ってないんだ。自然にしなよ、自然に」

「いえいえ、兄貴は兄貴っスから」

ええ～、マクシムの自覚を促すためのこの時間、全く無駄だったんですか～？

アンヌはというと、落胆している僕の服を掴んで「お腹が減りましたわ」と訴えてくる。ホントマイペースなところだけはマクシムに似てるんだから。

何だかもうどうでも良くなって、僕は二人を連れて公園を出た。

露店で芋料理《ハッシュドポテト》を出すところはないかなぁ、と探しながら歩いていると、川べりに人だかりができているのが見えた。

「吟遊詩人《ぎんゆうしじん》っスかね？」

思いっきりファンタジーな職業だな。娯楽の少ないこの世界で、民衆の楽しみの一つになっている語《かた》り部《べ》だ。

ゲームのストーリーには関わりのなかったこの職業に興味を引かれ、人だかりの中に入ってみる。

もしかしたら、またとんでもない裏設定やサイドストーリーが聞けるかもしれない。

だがそこで語られていたのは、頭を抱えたくなるような話だった。

「あぁジュリエッタ！　王位など、名誉など、君と比べれば全てが塵芥《ちりあくた》！　私が望むものはただ一つ、君との未来だぁ!!」

吟遊詩人が上手《かみて》から下手《しもて》へと振り返り、声色を変える。

「あぁロミリオ様ぁ、ワタクシだけの王子様ぁ！　ワタクシは、ワタクシはそのお言葉だけで十分にございますわぁぁぁ!!」

うわぁ……両親の過去が美化されて民衆へと拡散されてるぅぅぅ……。

いや、確かに美化はされている気がするけど、実際あの二人はこれぐらいシンプルな理由で駆け落ちしたんだろうなと思うと、ただただ恥ずかしく思えてきた。

「ステキ……」

隣でアンヌが頬を染めて、吟遊詩人の一人芝居を見つめている。

どこの世界の女の子も、似たような少女趣味を持っているもんなのかな。僕の服の裾を握り締め、「ワタクシだけの王子様ぁ」とセリフを復唱している。そのセリフ、気に入ったんだね。

「砂漠の迷宮へ行こう、ジュリエッタ！　彼の地《かち》ならば、私達を邪魔する者も付いてはこられまい！　私と君と二人なら、奥底に封印されたという精霊さえも解き放てるはずだ。光の精霊が、私達二人を祝福してくれることであろう！」

光の精霊？　あのダンジョンのボスはダークトロールだったはず……。ダークトロールが光の精霊を封印したとかそういう裏設定なのだろうか。

精霊が存在する世界という設定の『ケイオスワールド』。でも、メインストーリーに精霊の登場はないんだよなぁ。

勇者選定においては精霊の加護が重要な役割をするけど、基本的には人族と魔族との戦いを描いた物語だった。

「ロミリオ様、砂漠の迷宮には我が家に伝わる伝説の秘宝、宝珠の腕輪があると言われておりますわ！　ダークトロールが光の精霊を封じ込めるために、配下に我が家の宝物庫から盗ませたと聞いておりますｰ!!」

ちょっと待て、しれっとダークトロールが盗人《ぬすっと》にされてるぞ。

誰だこの設定を付け加えたのは。何となく、ただただ何となく身内のような気がするな。

「宝珠の腕輪を盗ませたのはダークトロールだったっスか、許せないっス！」

マクシムまでそんなことを言うので突っ込みたくなったけど、まぁいいや。

これで砂漠の迷宮へ行く口実ができた。アンヌもマクシムも今の話を聞いて、事実であると信じている様子。

何とかこれを使って両親や公爵夫妻から、砂漠の迷宮へ行く許可を得よう。

『砂漠の迷宮へ行く口実ができたよ』

アンジェルへ念話を送る。アンジェルも吟遊詩人の演目を見ていたので、どのような口実かは分かるだろう。

『しかし、本当に砂漠の迷宮に宝珠の腕輪があるかどうか、定《さだ》かではありませんが』

吟遊詩人が歌っているから本当なのだ、とマクシムみたいに鵜《う》呑《の》みにすることはない。必ずしも事実とは限らないと、アンジェルは理解しているようだ。

しかし、宝珠の腕輪が砂漠の迷宮にあるというのは本当だ。僕が前世でプレイしたゲームの通りであれば。

『大丈夫、きっと見つかるよ』

確信はないけれど、自信はある。そうアンジェルに伝えると、彼女は言った。

『リュー坊ちゃまが仰るのであれば、あるのでしょうね』

何の根拠も示さない僕の言葉を、アンジェルは疑わなかった。何故信じてくれたのかは分からないけれど、アンジェルは無条件で僕の言うことを聞いてくれるので、根拠など関係ないのかもしれない。

何にしても同行者の同意は得られた。あとは両親の説得だけだ。

公爵城に帰ったのは、もうすぐ昼食という頃合いだった。

ダイニングを覗くとメイド達が用意を始めている。よし、少しなら時間に余裕がありそうだ。

「ちょっとした打ち合わせがしたい、みんな僕の部屋に来てくれるかな」

アンヌとマクシム、そしてアンジェルを連れて部屋へと戻る。

「実は……でも……そこで……だから……」

「「ふむふむ、ふむふむ、え？　あぁ～、ふむふむ……」」

息ぴったりだなお前ら。もうこのまま婚約しちゃえよ。

アンジェルは黙ったまま見守っているように見えるが、

『何故私がリュー坊ちゃまのお相手ではないのでしょうか』

と念話で、作戦内容について個人的な抗議を投げかけてくる。背丈《せたけ》が合わないから仕方ないよね？　あとアンヌを外すととんでもなく拗《す》ねる可能性があるし。

一通りの作戦を伝え簡単に練習した後、みんなでダイニングへと向かった。

いつもの席に着き、大人しく家族が揃うのを待つ。アンジェルは壁際に立って待機している。すぐにアル兄とベル兄がダイニングへと入ってきて、席に着いた。

間もなくして、マリー様が席に着く。

「あら、珍しいですわね？　アンヌとマクシムが言い争いをしていないなんて」

「本当だな、具合でも悪いのか？」

と、シル伯父様。

「無理して仲の良いフリをしなくてもいいんだぞ。喧嘩するのも仲が良い証拠なのだから」

と、お父様。

「……？　………」

そして無言のお母様。この人は勘がいいからなぁ。アンヌとマクシムがやたら静かなので、僕達が何かしようとしていることに気付いたかもしれない。

まぁ何をしようとしているかまでは分かりようがないので、問題なし。

「さて、みんな揃ったからいただくとしようか」

いつものようにシル伯父様の一言で、食事が始まる。

この国においての食事マナーは、ほぼ日本と同じなのではないだろうか。

肘をつくな、クチャクチャと口を開けて噛むな、フォークで人を指すな、お皿には手を添えなさいなど、ごく一般的なものだ。

そして、食事はみんな揃って会話をしながら楽しむものだ、という点も日本と同じである。

余談ではあるけれど、朝食だけでなく昼食にも、こうしてマクシムが同席することがよくある。

これは僕がシル伯父様に頼んだからだ。なるべく長くアンヌと同じ時間を過ごさせるためだけど、名目上は、いずれ僕の相棒としてアンヌの護衛を任せたいからと伝えている。

いつもはあーだこーだと言い合いをしているアンヌとマクシムだけれど、この後の企《たくら》みを前に緊張しているのか、非常に大人しい。

「さっきはどこへ遊びに行っていたのですか？」

早速、お母様が切り込んでくる。警戒されているな。

ガチャン！　マクシムがナイフを落とした。明らかに動揺を見せている。

マクシムは根が正直なので、隠し事ができるタイプじゃないんだよなぁ。

あいつ本当に魔王を倒せるのか？　まぁ魔王との対決まであと十年はあるし、学園で出会う予定のパーティーメンバーも一緒に鍛えれば、何とかなるだろうけれど。

その点、アンヌは動揺を見せない。むしろいつもより生き生きとしているようにも見える。

生まれ持った性根で、何かを企んでいることに対して高揚感や楽しさを感じているのではないだろうか。

「このチンピラが街のクソガキをシメてほしいと言うものですから、ちょっと突《つ》いてきてやりましたの」

そうだな、本当に突いたな、アンヌが。

マクシムとは対照的に自ら進んで話し出すアンヌだが、動揺しているマクシムに対するフォローとも取れる。

出会った頃から変わらず、こういう時は本当によく頭が回るよなあ。

それにしても何という言葉遣いだろうか。そんなに愛らしい顔でクソガキとか言ってはいけません！　あぁ、日頃の僕の教育が行き届いていないばっかりに……。

シル伯父様も眉根を寄せる。

「アンヌ、何だその物言いは。もっと貴族の令嬢としての気品を持ってだな」

「いやいや兄貴、これくらいの年頃はお転婆なくらいがちょうどいいんだ。身内だけの場なんだからいいだろう。ガチガチに締めつけるととんでもない跳ねっ返りに育ってしまうぞ？」

跳ねっ返りだった当の本人であるお父様が、シル伯父様と子育て論で盛り上がり始めた。

それを見てアンヌがニヤリと笑う。

もしかしてこれを狙ってわざと自分から悪役を買って出たというのか……？　恐ろしい子！

どちらにしてもアンヌの行く末を思うと不安が残るが、とりあえずお母様からの疑惑は逸《そ》らされたようだ。いつの間にかお母様も子育て討論に加わって、白熱したバトルを繰り広げていた。


何とか無事食事を終え、食後のティータイムだ。ここまでやり過ごせればこっちのものだ。

この場で作戦を決行する！　アンヌとマクシムに目配せをし、僕が話し出す。

「そういえばお父様、お母様。朝に街を歩いていたら、意外な人から宝珠の腕輪の在り処を教えてもらったのです」

ん～？　と大人達が思案顔になる。

街にいる一般人がどんな情報を得ようが、宝珠の腕輪の在り処など分かる訳がない。大人からすれば、子供が話すたわいもない話に聞こえるだろう。

一方アル兄は「誰から聞いたんだ？　どこにあるんだ!?」と食いついてきた。ナイスアシスト、ありがとうございます。

「吟遊詩人が歌っておりました」

カチャカチャ……お母様が動揺を隠せずティーカップを鳴らす。

「砂漠の迷宮の最奥《さいおう》にダークトロールという魔物がいるらしいのですが、光の精霊を封印するために必要な宝珠の腕輪を、盗ませたらしいのです」

お母様は目をキョロキョロと泳がせ、意味もなくオホホと笑っている。やっぱりダークトロールの話はお母様のしわざだな？

公爵夫妻はお母様が腕輪を持ち出して、失くしたことしか知らない。この作り話までバラされたらお母様は相当恥ずかしいだろう。

予想通り過ぎる展開に思わず頬が緩んでしまいそうになるが、気を引き締めて話を続けよう。

「母方のお爺様……いえ、シャルパンティエ侯爵閣下と謁見する際の、気持ちの伝わる手土産。僕は、シル伯父様の仰る通り宝珠の腕輪が相応しいと思いました。いえ、それしかありえません！そこへ舞い込んだ吟遊詩人からの情報……これは天命です。我ら兄弟に砂漠の迷宮へ行き、最奥を目指せという天命に違いありません！」

そうだぁ～、そうだぁ～、天命だぁ～、と、アンヌとマクシムが合いの手を入れる。

「馬鹿なことを言うな、リュー。あそこへ行くことすら大変なのに、子供の身で最奥を目指すなんて。いくらお前が尋常《じんじょう》じゃなく強いとはいえ、それは無茶だろう」

アル兄が他人事《ひとごと》のように言う。ちゃんと聞いてた？　我ら兄弟に、って言ったでしょうに。僕一人で行く訳ないでしょう？

「アル兄様、ベル兄様。僕の話をよくお聞きください！　お母様がシャルパンティエ侯爵と十年以上ぶりに再会されるのですよ？　我ら兄弟で協力して、最高の再会をプレゼントしようではありませんか！」

「はぁっ!?　何で俺達まで巻き込むんだよ、それにお前口調もおかしいぞ？　普段は俺達に敬語使うなんてことないじゃないか。俺達はそこまで強い訳でもないし、お前に比べれば俺らなんてゴミクズみたいなもんだし……なぁアル兄？」

おっと、演技に気を取られて口調が変になっていたか。

迷宮行きを回避したいのは分かったけど、自分でゴミクズって言うなよ情けない。アル兄も頷くな！

ベル兄はああ言っているが、あくまで僕とマクシム、そしてアンヌに比べて大したことないと自己評価しているだけだ。アル兄もベル兄も、大人の兵士達に負けないくらいの腕前にはなってきているのだから、自信をつけてもらうためにも、迷宮には連れていきたい。

そんなやり取りをする僕達兄弟を眺めながら、お父様が口を開く。

「ほぉ……リューよ、さてはお前、腕試しがしたいんだな？　分かる分かる、私にも覚えがあるぞ。ある意味男の本能みたいなものだからな」

そうだぁ～、そうだぁ～、本能だぁ～、と、アンヌとマクシムがさらに合いの手を入れる。

ちょっとやり過ぎのような気はしたけど、お父様は腕を組んでウンウンと頷いているからいいや。

こっちは簡単に許可が出そうだな。

問題はお母様だ。

「ダメよ！　砂漠の迷宮がどんな危ない場所か分かっているの？　この周辺にいるものよりも強力な魔物がたくさんいるのですよ！　それに、大切なものを失くしてしまいますし……」

自分で墓穴掘ってる。だからその失くしたものを捜しに行こうって言ってるんですよお母様。

アンヌがうずうずした顔で僕を見る。マクシムを見ると、ガチガチに緊張しているが仕方ない。

このまま勢いで行ってしまおう。

アンヌに合図を出す。

「あぁロミリオ様ぁ！　あなたは何故ロミリオ様なのぉ～!!」

椅子から立ち上がったアンヌは、さながら舞台女優のように手を伸ばして僕へと歩み寄る。

「ワタクシにとって不要なのはあなたの名前だけよ。たとえ第三王子でなくても、あなたはあなたのままなのよぉ～。王子様なんて、そんな肩書きが何だというの？」

その場でクルクルと回るアンヌ。日々の鍛錬のおかげか目を回すこともなく、続けてセリフを口にする。

「あぁ、名前など何の意味もありません。花にどんな名前を付けようと、その香りは変わらないはずよ。ロミリオ様だってそう。違うお名前であっても、あなたのお姿はそのままでいらっしゃるに決まっていますわ。どうかロミリオ様、そのお名前をお捨てになって。そして代わりに、このワタクシの全てを受け取ってくださいませ……」

身振り手振りを加えつつそこまで言いきり、アンヌが自分で自分を抱き締めるように身を縮ませる。

そして僕に背を向け、物憂《ものう》げに流し目まで送ってきた。うん、うちのアンヌはとっても可愛い。と、見とれている場合ではないな。僕もこの芝居に加わらなければ。

「お言葉通りに頂戴致しましょう。ただ一言、ただ一言だけでいい。僕を恋人と呼んでください。さすれば私は生まれ変わり、今日からもう、ロミリオではなくなるでしょう！」

アンヌの肩に手を添え、こちらへと振り向かせる。

そして手を取って、二人見つめ合いダンスを踊る。そこへマクシムが立ち上がり、身振り手振りを加えて歌い上げる！

「どうしてあなたは王子様なのに〜♪　どうして私はお姫様なのに〜♪　どうしてどうして結ばれない運命なの〜♪　王家の印の入った真紅のマントを脱いで〜♪　その立派な白馬から降りて〜♪私の手を取って〜♪　走って逃げて〜♪」

……マクシムにアドリブは無理だった。

酷い歌だな。アンヌも顔を真っ赤にしてプルプルと震えている。

耐えろアンヌ、笑ってはいけない。

「キャーーー！　やめてお願いだからやめて～!!　恥ずかしくて死んでしまいますわ!!」

堪えきれなくなったお母様が両手で顔を隠して、足でバタバタと床を鳴らす。

こんなに取り乱すお母様を見るのは初めてだ。

「それでは、砂漠の迷宮へ行くきょ……」

「それとこれとは話が違うわ！」

僕の提案がお母様に拒否されたと見るや、すかさずアンヌが声高にセリフを歌う。

「ワタクシの寛大さは空のように果てしなく、あなたを想う気持ちも空のように大きい！」

「キャーーー！　本当にお願い!!　分かった、分かったからお願いやめて!!」

『何故私はリュー坊ちゃまと踊る役目をいただけなかったのでしょうか』

念話、ちょっと黙って！　最後のひと押しをしてしまわないと!!

「言いましたね!?　分かったって仰いましたよね!?　やったよ兄さん達！　これで僕らの迷宮行きを阻《はば》むものはなくなったよ!!」

「「いやいや、俺ら行かないから」」

アル兄とベル兄が揃って右手をナイナイ、と振ってみせる。完全に他人事だと思っている顔だ。

「何をそんな情けないことを！　そこは私とジュリエッタのためにと、三兄弟で力合わせて頑張るところだろうが!!」

拳を握って熱く語り出すお父様、恥ずかしさで足をバタバタしているお母様。そして何とかこの場から逃げ出そうとする兄二人。

ノマール家の面々がわちゃわちゃしている間中、シル伯父様とマリー様はお腹を抱えて笑っておられた。


そんなこんなで数日後、僕達は学園都市の外れでドラゴンの姿になったアンジェルの背中に乗り、砂漠の迷宮へと向かっていた。

「うわぁぁぁぁぁ！」

「降ろしてくれ！　アンジェル頼むから！」

『騒がしいですね、今すぐに降ろして差し上げましょうか』

『やめろアンジェル！　今すぐって、それ降ろすじゃなくて落とすって意味だろ⁉　兄さん達死んじゃうよ‼』

『まぁ、よくお分かりになられましたね。やはり私とリュー坊ちゃまは心で通じ合っているのですね』

いや確かに通じ合ってるけど！　ってかアンジェルからの一方通行な念話が止めどないけど！

アンジェルが本来の姿、つまりドラゴンの状態の時は、念話が特に素直というか、歯に衣着《きぬ》せぬ物言いをするような気がする。まぁ僕以外の誰が聞く訳でもないのだけれど。

「ほっほっほっ、この歳で空を飛んでの旅ができるとは思いませんでしたわ」

ご機嫌な声でロマンスグレーの執事が呟く。兄さん達、初老のじいさんがこの余裕を見せているというのに情けないよ？

この世界には飛行機がないからしょうがないかもしれないが、これくらいのことでギャーギャー言うとは何とも不甲斐《ふがい》ない。

……って言ってもアル兄は十一歳、ベル兄は十歳だ。まだまだ子供なのだから仕方ないのかな。

砂漠の迷宮へ向かっているメンバーは僕と、長兄アルフレッド、次兄ベルナール、僕らを乗せているアンジェル、そしてノマール家に執事として仕えてくれているフィルマン・バルトリの計五人だ。

何故フィルマンが付いてきているかというと、元々フィルマンは第三王子時代のお父様、ロミリオの専属護衛だったからだ。

王子の護衛に選ばれるほどの実力があるため、砂漠の迷宮へ行くのであればアンジェルだけでなくフィルマンも同行させろ、とお父様に言われたのだった。

お父様とお母様が駆け落ちして逃げた際も、フィルマンはその後を追って砂漠の迷宮へと潜ったそうだ。その際は入れ違いだったらしいけれど、単独で中層まで探索したという。

それを考えれば、今回の案内人にもピッタリだろう。

お父様が何やかんやあってノマール士爵家を継いだ際、フィルマン自身が申し出て執事として雇い入れられたらしい。僕達三兄弟の武術の師匠でもある、情に厚い王国紳士だ。

ちなみにアンヌとマクシムはお留守番だ。もちろんあんな芝居まで一緒にやったので、二人とも付いていくとゴネたんだけれども。

「あぁアンヌ、僕は君の側仕えとしてもっと強くならなければならないのだ！　今回の迷宮探索はそのための修業でもある。そばを離れるのは不本意ではあるが、主《あるじ》に修業している姿を見せるなど、従者として失格！　君を守るため、強くなって戻ってくるから……待っていてほしい」

「あぁ、ワタクシの王子様……。分かりました、ワタクシ待っておりますわ！」

あの小芝居の直後だったので芝居くさく説得してみると、アンヌは意外にもすんなりと乗ってくれて、あっさりと待つことを受け入れてくれた。

「僕の大事な人を、お前以外の誰に頼めるというのだ……？」

「兄貴……俺に任せてください！」

マクシムもノリが良かったので助かった。あ、でも喧嘩はしないでね。

実は今回、アンジェルに移動手段になってもらうかどうかは最後まで悩んでいた。

せっかくドラゴンの背中に乗るという移動手段があるのだから、それを使わない手はないし、最初はそのつもりだった。

しかしよく考えてみれば、アンジェルが人化したファフニールの王女であるという事実は僕達ノマール家の人間と、あの場に居合わせた監視役の兵士しか知らないことなのだ。

この世界においてドラゴンは、精霊の使いとして神聖視されている生き物である。神殿や大聖堂、果てはハーパニエミ神国《しんこく》なんていう、ドラゴンを神と崇《あが》める国まであるくらいで、ノマール家のメイドが実はドラゴンでしたなんて事実が広まると、すごく面倒なことになる。

だからこの事実は可能な限り、内密にしようということになっている。アンヌとマクシムはもちろん、シル伯父様やマリー様にも知らせていない。

とはいえ、素直に馬車で移動しようとすると大掛かりな遠征になってしまう。

そのため今回は、最低限の荷物を積んだ馬車で出発した後、学園都市近くの森でアンジェルに変身してもらい、そちらに乗り換えて飛んできたという訳だ。これなら、騒ぎになる心配もない。

「――見えてきました、あれが迷宮の入り口でございます」

そう言ってフィルマンがはるか前方を指差す。

「近くに迷宮を管理する建物がございますので、入り口から少し離れた場所に降りましょう。アンジェル、もう少し西へ向かってくれるか」

『畏まりました』

「畏まりましたってさ。フィルマン、迷宮の管理って何をしているんだ？」

ドラゴンの姿になっている間、アンジェルは人語が話せなくなる。契約魔法で主従契約を結んでいる僕としか念話が通じないので、僕が通訳をしなければならない。

「迷宮に潜る者の名前と、出入りした日付を管理しております。潜る前に、だいたいどれくらいの期間で地上へと戻る予定か、管理人に伝えておきます。期日を大幅に過ぎても出てこない場合、あらかじめ指定した人物へ連絡を入れるよう依頼することができるのです」

え、それだけ？　迷宮捜索隊とか、出てきたアイテムの買取所とかはないのか？

ゲームのストーリーではそこまで描写されていなかったけど、最初からそんな設定はなかったということか。

すると、ベル兄がフィルマンに尋ねた。もうすぐ地上へ降りられると聞いて、若干だが余裕が戻ってきたようだ。

「あれ？　じゃあフィルマンが迷宮に潜った時も、お父様とお母様がもう迷宮にいないことはその建物ですぐに分かったんじゃないの？」

「それは……お二人が追っ手を警戒されましてな。潜る際は正規の手続きを踏んでおられたのですが、出る際には入り口とは別の場所にコッソリと穴を開けられまして。そこから脱出されたのです」

「「「はぁぁぁ!?」」」

迷宮の壁って壊せるもんなのか……。つくづく常識外れな人達だな。

「いやぁ、私もなかなかその事実に気付きませんでな、迷宮をずっと彷徨《さまよ》っておりました。後から迷宮へ潜ってきた探索者に教えられたのです。第三王子が他国へ密航しようとしたところを、シャルパンティエ侯爵の配下に発見されたらしいと。それを聞いてやっと地上に戻りましたら、迷宮の入り口とは別の場所に、謎の穴が開いていると騒ぎになっておりましてな。これはしてやられたと思った訳でございます」

ほっほっほっとフィルマンが笑う。いや、笑ってる場合じゃないでしょうに……もう笑うしかなかったのかもしれないが。

そんな昔話を聞いているうちに、僕達を乗せたアンジェルが砂漠の大地へと着陸した。

学園都市を飛び立ってから、体感で二時間から三時間くらいか。風除《かぜよ》けに魔法障壁《マジックシールド》を張っていたとはいえ、さすがにちょっと疲れたな。

ぐ～っと伸びをしていると、激しい光を発しながらアンジェルが人化し、僕と同じく伸びをした。

「久しぶりに空を飛びました。たまには……『リュー坊ちゃまと二人きりで』……空を飛びたいです」

いらぬところで念話を挟むな！　他のみんなにとっては謎の沈黙でしかないからな!?

水分と軽食をとりつつ少し休んでから、迷宮の入り口へと徒歩で向かう。

迷宮――ファンタジー世界の定番。飛び出してくる魔物をバサバサと斬り捨てつつ、暗くジメジメした狭い通路を下へ下へと進んでいく迷宮探索。うわぁ、ワクワクしてきたぞ。

一方の兄達は、腰が引けた様子でお互いに先を譲り合っている。

「はぁ……、ついに来てしまった」

「アル兄、背中は俺が守るから安心しろよ」

「いや、お前が前に出ろよ！　俺はどちらかというと魔法の方が得意だからさ、後衛の方が戦いやすいんだ」

全くこの二人は……。

「ご安心ください、お坊ちゃま方を先導するのが我が役目。先頭は私が務めます故、どっしりと構えておいてくださいまし」

フィルマンのそんな言葉で、ホッとした表情になるアル兄とベル兄。

しかし忘れてはならない、いざ訓練となれば、この王国紳士の目が鬼教官のように吊り上がることを。

フィルマンとアンジェルがいるパーティーだ。本当に危険な事態にはならないだろうから、僕達兄弟はこれでもかというくらい絞られることだろう。

迷宮への出入りを管理している建物に着き、簡単な手続きを済ます。今迷宮へと潜っている探索者はほとんどいないようだ。迷宮内は一本道ではなく無数の道筋があるので、他の探索者と鉢合《はちあ》わせることはないかもしれない。

「では参りましょうか」

そう言って口元をニヤリと歪ませるフィルマン。その表情で、アル兄とベル兄が鬼教官モードを察する。

「「やっぱり帰るぅぅぅ〜〜〜！」」

逃げ出そうとしてフィルマンに襟首を掴まれ、宙に浮いたまま迷宮への扉をくぐったのだった。

扉は、砂漠にポツンと存在する一枚岩に、貼りつけられたかの如く付いている。その内部は岩をくり抜いたような造りになっていて、地下へと下りる長い階段がある。

壁には等間隔に発光する石みたいなものが置かれており、階段を照らしていた。

「フィルマン、自分で歩くから降ろしてよ！」

「大丈夫、ここまで来て逃げないから！　ってか俺らだけでは帰りようがないしさ‼」

何とも情けない兄二人。つかつかと階段を下りていくフィルマンに、持ち上げられたまま足をブラブラと揺らしている。

階段を下りきったところで、フィルマンはパッと手を放した。アル兄とベル兄が床にお尻から落ちる。

眉間《みけん》に皺を寄せたフィルマンが腕を組み、二人を見下ろして言った。

「我が主《あるじ》より二人に伝言を預かっている、心して聞くように」

我が主《あるじ》、お父様のことか。フィルマンの口調がいつもの王国紳士然としたものではなく、厳しいものに変わっている。低く、迷宮の入り口に重く響き渡るような声だ。

尻もちをついた状態で、アル兄とベル兄が不安そうな表情でフィルマンを見上げた。

「強くなって帰ってこい。実戦経験を積み、心も身体も鍛え上げろ。泣き言は許さん。今からお前達は探索者だ。少しの油断、少しの動揺がパーティーを致命的状況へと追いやる。覚悟を決めろ。

自らの足で立ち、自らの意志で歩み、その先にあるものを探せ。お前達が探すべくは宝珠の腕輪ではない、お前達の進むべき未来だ。帰ってきたら、お前達が見つけたものを教えてくれ。……以上だ。早く立たんか」

お父様、フィルマンにがっつり鍛えさせるつもりだな。

あれ？　僕にはお言葉はないのだろうか。

「フィルマン、僕への伝言はないの？」

「リューお坊ちゃまには、宝珠の腕輪を頼む、とのことでした」

あら、僕には鬼教官的な感じじゃないんだ。ってことは、僕が宝珠の腕輪担当になるんだろうか。アル兄とベル兄は修業で、僕が宝探し、的な？　僕だけ扱いが違う気がして少しだけ居心地が悪い。

一方アル兄とベル兄は、お互い顔を見合わせて何か考えている様子だ。

「よし分かった、いや分かりました！　強くなってみせます!!」

「精一杯やろうと思います！」

兄達の雰囲気が変わった。お父様のお言葉で、二人とも覚悟が決まったようだ。拳を突き上げてフィルマンに意気込みを見せている。

そこへアンジェルが念話で話しかけてきた。

『昨日《さくじつ》フィルマン様より、リュー坊ちゃまは序盤は手を出さず後ろに控えていてほしいとの申し出がありました』

なるほど、フィルマンも僕と同じく、兄達に実戦を経験させて自信を付けさせるべきだと思っていたのか。

下手に僕が交じると、気後れしたり頼ったりさせてしまい、二人の成長を阻害《そがい》する可能性があるから、その申し出には素直に従おう。

『了解、お兄様達には頑張ってもらおう』

階段の下にあった、重々しい扉を開く。

迷宮内部は湿っぽくカビ臭い。微《かす》かに何かが動くような音が聞こえる。

戦闘音らしきものは聞こえない。迷宮の通路は場所によって横幅や高さが違い、文字通り迷路の如く入り組んでいるみたいだ。少し先を見通すのすら難しい構造だった。

この砂漠の迷宮は三十の階層からなる地下迷宮で、発見されて以来約三百年、最下層のボスを倒した探索者はいないそうだ。

最下層に到達はしたもののボスには敵わず、命からがら逃げて地上へと生還した者はいる。

その者の報告によって、最下層のボスが強力なダークトロールであるということは分かっていた。

「よいか、この地下迷宮自体が巨大な魔物である。迷宮の中に安全な場所などないと思え。気を抜いた隙に魔物を仕向けられるぞ。最近は迷宮に潜る探索者も少ない、この迷宮もさぞ腹を空《す》かしていることであろう。ほれ、言っているそばから来たぞ！　日頃の稽古の成果を見せてみよ！」

「「はい！」」

気合が入っているためか、先ほど泣き言を言っていたのと同じ人物とは思えないくらい、俊敏《しゅんびん》な動きで走り出すアル兄とベル兄。

向かう先にはゲームでも散々倒した覚えのある、バットと呼ばれる大きなコウモリがいた。羽を広げて飛び回り、鋭い爪で探索者を攻撃しては逃げ、徐々に弱らせるというヒットアンドアウェイ戦法を用いる魔物だ。

僕達三兄弟の装備は皆、ショートソードのみ。三人とも、魔法障壁《マジックシールド》を展開できるまでの特訓を受けているので、盾は不要なのだ。

アル兄が、向かってくるバットの両足を一閃《いっせん》して両断し、バランスを崩したところをベル兄が振り下ろしたショートソードで斬り捨てる。床に落ちて動かなくなったバットは、間もなく地面へと吸収されるように消えていった。

先ほどのフィルマンの説明通り、迷宮そのものが一つの魔物であり、簡単に言うならば食虫植物みたいなものだ。

甘い匂いで動物をおびき寄せ、迷宮内へと誘い入れる。それを体内で飼っている魔物に襲わせて、その死骸を吸収することで、エネルギーを得ていると考えられている。

武器を装備した探索者が迷宮へと潜り、内部で息絶え吸収される。そのまま放置された武器を、後から潜った別の探索者が持ち帰ったことから、迷宮は宝箱を用意するようになったのではないかという説もあるらしい。

もちろんそんな説は『ケイオスワールド』のメインストーリーでは触れられていないので、これも裏設定の一つになるのだろう。

「うむ、なかなか良い動きだ。上手く連携《れんけい》も取れている。しかしこれから先待ち受けている魔物はこの程度ではないぞ。引き続き気を緩めず進め」

「「はい！」」

初の実戦、初めて見る魔物、そしてその死骸。それらよりもフィルマンの目の方が怖いのか、兄達に動揺は見られなかった。

そんな気合の入った兄達により、バサバサと魔物が倒されていく。

物理攻撃が効きにくいので火魔法で燃やす、ファンタジー定番のスライム。人型の二足歩行で襲いかかってくるリザードマン。そして稀《まれ》に、武器を装備しているスケルトンなども出てきたが、難なく先へ進むことができた。

スケルトンは、迷宮内で死んでしまった探索者の骨を再利用して生み出されているという説があるので、兄達が倒した際は心の中で手を合わせるようにした。

今のところ兄達が負傷する場面もなく順調なのだが、そろそろ油断をしてしまいがちなタイミングだ。今後少しずつ魔物も強くなっていくらしいので、いくつか階層を下りた辺りで一度休憩を取ろうということになった。

僕とアンジェルは一度も戦闘に参加していないため、通路の前後に立って見張りをする。アル兄とベル兄は地面にベッタリと座り込んで、ぐびぐびと水を飲んでいた。

その二人を優しい表情で見つめるフィルマン。どうやら飴《あめ》と鞭《むち》タイプの教官のようだ。戦争映画の某軍曹のように、とことん追い詰めるタイプではないらしい。

「リューお坊ちゃま、そろそろ魔物も強くなってくる階層になります。戦闘に参加していただきますのでお心づもりを」

フィルマンから戦闘参加の許可が出た。僕は腰のショートソードを抜いて握り、一振り二振りして感触を確かめる。

「分かった、僕も魔物との実戦は久しぶりだから、ちょっと緊張しているよ」

『緊張をほぐすために抱き締めて差し上げましょうか』

アンジェル、それは素敵な提案だけど、時と場合を考えてほしいな。

いくら彼女にとって抱き締めることが本能であるとしても、今はその時ではない。というか何より恥ずかしい。

『また今度お願いするよ』

そんなやり取りをしていると、コツコツと地面を鳴らす足音が聞こえてきた。狭い通路に反響していて、どちらの方向から来るのか把握できない。

別の探索者のような気もするが、ここは迷宮だ。何が起こっても不思議ではない。アル兄もベル兄も素早く反応して立ち上がり、ショートソードを構えている。

足音が近付くにつれ、どうやら僕のいる方に足音の主がいるらしいことが分かった。

反対側で警戒していたアンジェルを見ると、何故か表情険《けわ》しくその場で跪いている。こんな時に何をしているんだ……？

やがて通路の闇の奥に影が揺らめき、人らしき形を成す。近付いてくるのは、獣の類ではないようだ。発光する石があるとはいえ、迷宮内は薄暗くてハッキリとは確認できない。

この距離ならばショートソードに魔力を纏わせ、魔刃を飛ばして攻撃をすることは可能だが、まだ魔物だと決まった訳ではないので様子を見るしかない。

緊張しつつショートソードを構えていると、足音の主が立ち止まった。

「あら、可愛らしいお姿ね」

現れたのは、それらしい武器も持たず、迷宮に似つかわしくない、胸元の開いた薄黄色のドレスを纏った年若い女性だった。

腰辺りまで伸ばされた眩《まぶ》しいほどの銀髪。その立ち姿は、薄暗い迷宮の中にいてもどこかキラキラと輝いて見える。

「ご一緒してもよろしくて？」

美しいその顔に、微笑みを湛《たた》えて彼女は言った。

近付いてきていた何かが、こんな綺麗《きれい》なお姉さんだとは思わなかったからだろう、アル兄とベル兄が緊張を解き、我先にと話しかけようとする。

だがフィルマンがそれを制止し、アル兄とベル兄を押《お》し退《の》けてお姉さんに話しかけた。

「私《わたくし》はフィルマンと申します。高貴なお方のようにお見受けしますが、ここは迷宮内。家名を名乗らぬのがここでの決まりでございます故、ご容赦《ようしゃ》ください」

「ええ、よろしくてよ」

まずフィルマンが名乗ることで、アル兄とベル兄の浮《うわ》ついた心に釘を刺した。フィルマンの意図を汲《く》み取《と》ったのか、兄達もだらけきったその表情を引き締める。

迷宮内において、家名は意味を成さない。これは砂漠の迷宮に来る途中、フィルマンから教わった話だ。

——その昔、ある貴族のお坊ちゃまが腕試しと称し、従者をたくさん連れて迷宮に潜った。

「我はどこぞの何々の嫡男なるぞ！」とか何とか言いつつ先へ進み、迷宮内を荒らしていったらしい。無計画な探索で、お坊ちゃまの思うまま気の向くままに迷宮内を進んでいた。

そんなお坊ちゃまの前に、強力な魔物が立ち塞がる。パーティーの疲労度や残りの物資量を危惧《きぐ》して、従者は一時撤退を進言する。

しかしそのお坊ちゃまは「ここで引けだと？　家名に泥を塗《ぬ》れというのか！」と、認めなかった。結果、従者の懸念通りパーティーは壊滅状態になってしまった。

それだけならまだ、彼の家名に泥が付いただけで済んだのだが、何とか生き残ったお坊ちゃまが、襲いかかる魔物を引き連れたまま逃走。出会った他の探索者に泥だらけの家名を振りかざして、魔物を何とかせよと命令しまくったらしい。

結果、貴族に逆らうことのできなかった探索者を巻き添えにして、多くの死傷者が出る大惨事となったのだ。

その反省から、迷宮内ではどれほど高貴な生まれであっても特別待遇をしない、という決まりが生まれた。そのため、探索者同士の自己紹介は下の名前のみ。家名は名乗らないのだ。

「アルフレッドと申します！」

「ベルナールです、ベルって呼んでください!!」

「あ、ずるいぞ！」

小競り合いを始める二人。いやいや、さっき表情引き締めてたよね？　あれは何だったんだ。

迷宮という特殊な環境でこれだけの美人なお姉さんと出会ったからか、やっぱり舞い上がってしまっているようだ。

「リュドヴィックと申します。あちらで跪いているのはメイドのアンジェルです。このような場所で武器も持たれずお一人ですか？　お仲間とはぐれてしまわれましたか」

そもそも迷宮内でこんなひらひらのドレス、しかも胸元ががっつり開いていて谷間がぷるんぷるんな格好で、こんなお美しい女性が歩いているなど不自然だ。

いかんいかん、胸に気を取られて僕もはしゃいでしまうところだった。知恵が働く魔物による幻《げん》覚《かく》という可能性もなくはないのだ。

「私のことはリュエって呼んでいただけるかしら？　連れはおりませんの」

「「リュエさん！」」

兄達、はしゃぎ過ぎ。だがリュエさんもリュエさんだ、こちらに対して無警戒過ぎる。

探索者らしからぬ服装や、緊張感の全くない雰囲気も、明らかに異常だ。

ただ、見ているだけで癒されるような、ぽかぽかするような、何となく親近感が湧くような……。

いやいやいやいや！　僕までリュエさんに見入っていたらダメだ。気を引き締めないと魅了《みりょう》されてしまう。

「ふむ……ここは迷宮の中。何があっても不思議ではありますまい。深く詮索《せんさく》するのはやめておきましょう。リュエ殿《どの》、我らのパーティーに同行することをお望みか？」

「ええ、やっと会えたのですもの」

フィルマンの問いに頷くリュエさん。やっと会えた？　他の探索者に、という意味だろうか。

ずっとこんな地下迷宮で彷徨《さまよ》っていたのだろうか。その格好で？

疑問は残るが、ここまでの会話で、フィルマンの中での警戒度はだいぶ下がったようだ。

しかしそれでも、リュエさんの雰囲気が怪しいことには変わりない。少なくともリュエさんは幻覚ではなさそうだけど、何が目的なのかも不明なのだから。

フィルマンも幻覚を見せる魔物という可能性を疑っていたみたいだが、これほど実体的な幻覚を五人同時に見せるような高度な魔法は知られていない。したがって、少なくとも魔物による攻撃の危険はないだろうと判断したらしかった。

過去のフィルマンの経験から、一人で迷宮を彷徨《さまよ》っていると思《おぼ》しき人物を放っておけなかったのかもしれない。

フィルマンに詮索を止められてしまったため、自己紹介もままならないまま迷宮探索が再開した。

リュエさんのことを詳しく知れなかったという鬱憤《うっぷん》を魔物にぶつけるかのように、アル兄とベル兄の快進撃が続いている。

「ふんっ！」

「そりゃっ！」

先ほど休憩を挟《はさ》んだこともあり、バサバサと難なく魔物を斬り捨てていく二人。リュエさんにアピールするためか、とても張りきっている。

リュエさんはというと、その二人をよそに優しい微笑みを浮かべ、何故か僕を見つめていた。時々何かを話そうとしかけて口を開くが、言葉は発されないまま、また微笑みへと戻る。そんな繰り返しだった。すごく気になる。

先陣を切る二人を後ろから見守るようにフィルマンが付いているため、さらにその後方を歩くリュエさんがどこを見ているかは、アル兄もベル兄も全く気付いていない。いくらアピールしても見てすらもらえないのは、ちょっと可哀想だった。

そして、何よりもアンジェルの様子がおかしい。最後尾を守りつつ、ただ僕の影のように後ろに付いて歩くだけだ。

僕がこれだけの美女に見つめられている状況なら、念話の一つも飛ばしてきそうなものなんだけど。

リュエさんが関係していそうな気はするが、何か危険を感じているのであればアンジェルも黙っていないはずだ。もう少し様子を見てみようと思う。


リュエさんと合流してから何度か階段を下り、そろそろ中層に差しかかるというところまで来た。

やはり兄二人は十分に強い。でなければこんなに速いペースで攻略は進んでいないだろう。

いいところを見せようと張りきっている兄達の活躍のおかげで、未だ僕の出番はない。

リュエさんからの反応をなかなか得られず、より良い見せ場をと思ったのだろう。兄二人は突然、僕達を置いて通路の奥へ走り出した。

「リューお坊ちゃま、追いかけますぞ。そろそろあのお二人だけでは手に負《お》えなくなる頃でしょう」

フィルマンがそう言って走り出す。

「あぁ、了解」

僕もさすがに心配なので、身体強化魔法《フィジカルブースト》で追いかけようと下半身に魔力を集中させる。

「まぁ！」

え、今のでリアクションするんですかリュエさん？　兄達も結構頑張ってたと思うんだけども。

リュエさんの反応に構わず走り出し、フィルマンを追い抜いたタイミングで、「「うわぁぁぁ！」」

という声。兄二人が身体強化全開で駆け戻ってきた。

「魔物の群れだ、助けてくれ～！」

「数が多過ぎる！」

油断するなと言われたでしょうに。

二人と行き違った瞬間、魔物達の姿を視認できた。スケルトン、リザードマン、ワイルドドッグ、大サソリ、迷宮キノコ、その他ゲームでプレイした時の通りの魔物達が群れをなしてこちらへと向かってくる。

これではフィルマンが語った、家名に泥を塗ったお坊ちゃまと同じじゃないか。

おどろおどろしい見た目や、自分の倍以上の背丈を持った魔物の群れではあるが、僕にとってはゲームの画面越しに見慣れたザコモンスターでもある。

実際にこの目で見るのは初めてだけど、主人公のマクシムのレベルを上げるために何度も倒したことのある魔物ばかりだ。

初めてオークと戦った時ならまだしも、あれから稽古も積んでいる。

恐怖心は思っていた以上に薄かった。

よし、アンヌの側仕えになってからなかなか実践できなかったけど、やっとこの魔法を試せる時が来た。

ショートソードは抜かない。魔物の群れから目を逸らさずイメージを練る。

「リュー！　何してんだ、ビビってる場合じゃないぞ！　早く逃げろ!!」

「フィルマン、連れ戻さないと！」

背中に飛んでくる兄達の言葉には返事をせず、イメージした通りに魔物を向けて腕を振り払い、魔法を放った。

その直後、スパンッと魔物達の群れが三つに割れた。上下三つに。

およそ百体ほどいた魔物の群れが一匹残らず輪切り状態で地面に散らばり、その後間もなく迷宮へと吸収されていった。

物理攻撃を防ぐのに使っていた魔法障壁《マジックシールド》。それを魔物の身体がある座標に直接、横向きに展開して、スライスするように斬るという攻撃だ。

これは使えそうだ、攻撃型魔法障壁《アサルトシールド》と命名しよう。

前世の入院生活中、盾で敵を殴るキャラのいるアクション映画や、バリアを転用して攻撃に使うSFアニメを見たことがあって、その意外さが結構印象に残っていた。

魔法障壁《マジックシールド》を使えるようになった頃から、この世界でもそれを試せないかな、と密かに考えていたのだ。

知能が低くこちらへ直進してくるだけの魔物であれば、今の攻撃で輪切りにすることができる。

展開範囲も二十メートルくらいはありそうだった。

ただ、相手も魔法障壁《マジックシールド》を使う場合はこう簡単にはいかないだろうな、と考えていると、リュエさんが両手を広げて駆け寄ってきた。

「すごいわ、魔法障壁《マジックシールド》をそんな使い方するなんて、今までになかったことよ！」

え、何この特別待遇!?

しかしその手によって僕が包み込まれようとした時、背中に回されたリュエさんの手がバチッ！と音を立てて弾《はじ》かれた。

静電気のような感覚。僕の背中にも一瞬、鋭い痛みが走った。

「あら、随分と丁寧な結界が張られているのね？　誰かしらこんなことをしたのは……」

振り返り、まっすぐアンジェルの目を見つめながら、リュエさんがそう呟く。アンジェルは目を伏せたまま答えない。

何ナニなんなの!?　何故かリュエさんがアンジェルを巻き込んで修羅場《しゅらば》っぽい雰囲気を醸《かも》し出《だ》してすっごく居心地が悪いんだけど!?

この人やっぱりおかしいよね？　いや、ソロで武器も持たずドレス姿で迷宮にいる時点で、普通な訳ないんだけどさ。

「リュー！　今の何をしたんだ!?　剣すら握ってなかったのに……」

「アル兄も分からないんだ!?　やっぱリューはケタ違いだな……」

その一方で、さっきまでいいところを見せようと張りきっていた二人はすっかりしょげ込んでいる。いや、発想さえ理解できれば二人も同じことができると思うよ。

兄達が駆け寄ってきたことをきっかけに、リュエさんの目線がアンジェルを離れて僕に戻った。

リュエさんは目を細め、僕の肩をちょいと摘《つ》まむ。

そのまま何かを持ち上げるように手を上げると、するすると僕の身体から何かが離れていく感覚がした。少しこそばゆく、何かが取り払われた感じ。

「ふふっ、これでいいわ。さぁおいでなさいな♪」

「「ああぁぁぁ！」」

くぐもって聞こえる兄達の悲鳴。気付けば僕の顔は、大きな谷間に埋《うず》められていた。大きくて柔らかくて温かい……。

「さぁ、私を受け入れなさい」

「ふがふがふが《もちろんですとも》……」

ん？　でも柔らかくて温かい感覚の向こう側に、何か固いものを感じるんだけど、何だろう……。もしかして、偽乳……!?　いやいやいや、ファンタジー世界にシリコンや豊胸《ほうきょう》手術なんてある訳ないから！

そう心の中で下らないことを考えていると、アンジェルが焦ったような声色で念話を飛ばしてきた。

『リュー坊ちゃま！　私の声が聞こえますか!?』

『ああ、聞こえるけど……？』

自分以外の女性に抱き締められている僕を見て、嫉妬《しっと》でもしたのかな？

いや、さすがにさっきアンジェルの誘いを断っちゃったとはいえ、そんなことないだろうけど。

『ふふふっ、やっと念波《ねんぱ》を捉《とら》えることができたわ。リュー君が何度も念波を飛ばしているらしいのは分かっていたのだけれど、ファフニールの娘の結界があったから私の声は届かなかったようですし』

えっ、リュエさんの声が頭に入ってくる!?　もしかして、アンジェルと同じくドラゴン……？

「リュー、どうした？　顔色がおかしいぞ、魔力使い過ぎたか？　アンジェルも真っ青だし」

未だリュエさんの胸に抱かれている僕に、アル兄が心配そうな声で尋ねてくる。魔力切れで倒れかけたのを介抱されているのだと、勘違いしたのだろうか。

いや、魔力的には全然大丈夫なんだけど、今の状況をどう説明したらいいのか……。

「リュエ殿、リューお坊ちゃまを誘惑されては困りますな。魔力量が多いとはいえまだ八歳、ご両親から巣立つには早うございます」

フィルマンのやんわりとした非難の言葉を受け、「あらごめんなさい」とようやくリュエさんが解放してくれた。

すぐにアンジェルが僕に駆け寄り、身体をペタペタと触って異常がないかを確認する。

特に何も異常はないと思うよ。むしろ魔力が止めどなく湧き出てくる感じで、調子が良過ぎるくらいだ。

みんなも心配していることだし、リュエさんに直接聞いてみよう。

「リュエさん。もしかしてリュエさんは、アンジェルと同じくドラゴンなんですか……？」

アル兄、ベル兄、フィルマンも僕の言葉に驚くような表情を浮かべたが、すぐに理解した様子を見せた。

迷宮は、武器や装備もない女性が一人でブラブラ歩ける場所ではない。しかしそれが人族の女性ではなく、人化したドラゴンであれば納得がいくだろう。

ところがリュエさんは首を振った。

「いいえ、ドラゴンではないわ。まぁ人族でもないけれど。リュー君との契約も無事成立したことだし、答えを急ぐ必要はないのではなくって？」

契約……？　僕は人間ではない何かと契約を結んでしまったらしい。さっき胸に抱かれていた時だろうか。

一体リュエさんは何者なんだ。この魔力が湧き出てくるような感覚も、リュエさんとの契約が成立したからなのか？

『まぁファフニールの娘とは違い、主従間の契約ではなく同位間契約ですけれど。なかなか私クラスの存在と同等の立場での契約など、できないものなのですよ？』

何やらとんでもない存在らしきリュエさん。

そんなリュエさんは、口をわずかに開いてウインクしてきた。外見の雰囲気とギャップがあって、そしてめちゃくちゃ可愛いから反応に困る。

最初に出会った時、アンジェルはリュエさんが何かとんでもない存在であることに気付いたから、跪いていたのだろう。

迷宮内では生まれで特別待遇をしないというのは所詮《しょせん》、人間同士で設けたルールだ。人族ではないアンジェルとリュエさんの間には当てはまらない。

「アンジェルは、リュエさんがどんな存在なのか分かってるの？」

「ええ、恐らくではありますが……」

目を伏せて言《い》い淀《よど》むアンジェル。歯切れが悪いな、心当たりがあることだけは分かったけど。

「それよりも、まだ先に進むつもりかしら？　外はもう日が暮れている頃よ、休むにしてもどこか広い場所を探した方がいいのではなくて？」

もうそんな時間なのか、感覚がなくなっていた。僕自身が戦闘らしい戦闘をしていなかったのもあり、攻略のペース配分を考えてなかったな。今日はずっと兄達が頑張っていたので、早めに休ませてあげた方がいいだろう。

フィルマンもリュエさんの提案を受け入れたので、少し開けた場所を見つけて簡単な食事と仮眠をとることになった。

仮眠をとるといっても、ここは迷宮。夜だから魔物も寝静まるということはなく、交代で見張りを立てる必要がある。

先ほど休憩した時と同じく、戦闘続きで疲れているアル兄とベル兄に先に寝てもらい、僕とアンジェルで見張りを引き受けることになった。

フィルマンも疲れているだろうからと休むように言ったのだけれど、僕が起きている手前、休もうとはしなかった。しかし「私は一週間寝なくても問題ありませんので」というアンジェルの言葉を聞いて、やっと横になってくれた。

休むと決まると早い、もう微かに寝息を立てている。この切り替えも、探索者として必要なスキルのようだ。

『――それで、ここには何をしに来たのかしら？　来るとしても、もう少し大きくなってからだと思っていたけれど』

三人が休んでいるのを邪魔しないためにか、リュエさんが念話で問いかけてきた。

何故か僕がこの迷宮に来るのを予知していたかのような物言いに受け取れる。人間じゃないから話し方のニュアンスが違う、とか？

『母の実家に伝わる家宝が長く失われたままだったのですが、この迷宮内のどこかにあるのではないかという情報が入りまして。捜しに来た次第です』

『ケイオスワールド』をプレイして砂漠の迷宮に潜った時、僕はたまたま宝珠の腕輪を宝箱から入手した。けれど、それが具体的にマップのどの辺りだったのか詳しくは覚えていない。

中層以降なのは間違いないと思うけれど、それすらも自信がない。

転生してこの方《かた》、この世界にはプレイ中には知る由《よし》もなかった、細かい裏設定が無数にあることを思い知らされてきた。だから、かつてゲームをプレイして得た情報が、かえって役に立たないかもしれないことも、僕は知っている。

どの宝箱が当たりなのか分からないので、ここまでも宝箱は見つけ次第開けているんだけど、宝珠の腕輪どころか価値のありそうなものは何も出てきていない。

それどころか、空《から》の宝箱に棲《す》みついたヤドカリのような魔物に襲われる始末。それほど強力な魔物ではないが、がっかり感と相まって嫌な敵だ。

開けるまで中身が分からないので、襲われる前に攻撃するということもできないから非常に厄介だった。

『なるほどねえ、じゃあ、宝箱の中にあるのかしらね？』

『誰かが見つけていれば、ちょっとした騒ぎになると思うので、恐らくは』

『ふ～ん、見つかるといいわね』

正体は分からないがとにかく美人なリュエさん。そんな人ににっこりと微笑まれてしまうと、胸がざわざわとして落ち着きがなくなってしまう。

その動揺を何とか誤魔化そうと、アンジェルに話を振る。

『そういえばアンジェル、僕に張ってくれていた結界ってどんな効果があったの？』

さっきは聞けなかったけれど、リュエさんが僕の身体からするすると剥《は》がした結界は何だったのだろうか。剥がしても大丈夫なものだったのか？　今更ながら気になる。

『あれは魔法除けの結界です。万が一、リュー坊ちゃまが対応できない強力な魔法攻撃を受けてもお守りできるようにと、事前に張っておりました』

迷宮に潜る前からアンジェルの結界に守られていたのか。全然気付かなかった。

ということは、バチッと音がしてリュエさんの手が弾かれたのは、魔法を使おうとしたからなのかな？

『契約魔法を感知して弾いたのね。本人から了解が得られているのに邪魔をするなんて、ファフニールは嫉妬深いのねぇ』

了解って、僕、抱き締められてふがふが言っただけですよ？

『くっ……我が主《あるじ》を思えばこそ、でございます』

『あらあら、そういうことにしておきましょうか』

どこか悔しそうなアンジェルに、からかうような表情を見せるリュエさん。もうこれ以上修羅場っぽい雰囲気にしないでほしいんだけど。

『あれで了解したことになるんなら、大抵の契約から逃げられる自信がないな……』

自分にとっていい契約ばかりとは限らないんだ、今後は気をつけないと。

ゲームに奴隷《どれい》制度は存在しなかったけれど、僕が知らないだけで、人を隷属《れいぞく》させる契約魔法だってあるかもしれないんだから。

『話は戻りますが……宝珠の腕輪には装備者の魔力量を増幅《ぞうふく》させる効果に加えて、外部からの魔力干渉《かんしょう》を遮断《しゃだん》する効果もあると、奥様より伺っております』

さすがお母様。実際に装備していたからか、宝珠の腕輪の効果に詳しいな。しかし鞄《かばん》に入れていた訳でもないだろうに、何で装備していた腕輪を失くすかな……。

『あら？　リュー君達、もしかして宝珠の腕輪を捜しに来たのかしら？』

どうやらリュエさんは宝珠の腕輪を知っているらしい。いや、存在自体は、国宝ということもあるし広く王国内で知られているだろう。

けれど、リュエさんの正体の怪しさ故に、リュエさんならもしかして、隠された宝珠の腕輪の在り処も知っているんじゃないだろうかと、そんな風に期待をしてしまう。

『そうなのです。リュエさん、宝珠の腕輪がどこにあるかご存じありませんか？　両親のため、祖父のためにも宝珠の腕輪を持って帰りたいのです』

長らく疎遠《そえん》になっていたお母様とシャルパンティエ侯爵、十年以上の時を経ての再会を最高のものにしてあげたい。そのためには、どうしても宝珠の腕輪が必要なんだ。

するとそれを聞いたリュエさんは、不意にドレスの胸元をぐいっと引き下げて前屈みになった。

零《こぼ》れ落ちそうになる両胸を右手で押さえ、左手で僕の手を掴み谷間へと誘導する。何でそんなことを⁉

『いやいやいや、大事な話をしている時にふざけないでくださいよ！』

慌てる僕を見つめながら、リュエさんはさらに促すようにぐいっと胸を近付けてくる。

『いいから、手を入れてごらんなさい』

何だっていうんだ全く。仕方ない、仕方がないからちょっとだけ手を突っ込んでみよう。

うん、ここまで言われたからには仕方ないじゃないか。あ、温かい……ん？　やっぱり何か固いのが当たるんですけど何ですかコレは……？

指先でその固いのを摘まんで引っ張り上げると、ぶるんっ！　と谷間をかき分けて、金属製の輪っかが出てきた。

何だろう、コレ。

『はい、どうぞ。宝珠の腕輪よ、リュー君に差し上げましょう』

……え⁉

「あったぁぁ‼」

手を入れたと思ったら、手に入りました。宝珠の腕輪。

「何事でござるかっ⁉」

「何だ⁉」

「殺《や》られる前に殺《や》る！」

思わず大声を出してしまったせいで、三人を起こしてしまった。フィルマンは瞬時に起きてロングソードを構え、辺りを見回している。口調が若干変だけど、探索者としての経験は衰《おとろ》えていないようだ。

アル兄は上半身だけ起こして、辺りを見回している。ここは迷宮であるという緊張感は抜けていないようで、咄嗟に反応しただけでも十分探索者としての心構えは身についていると思う。

意外なのがベル兄。フィルマンと同じくショートソードを構えて立ち上がったものの、起き抜けの混乱からかフィルマンに襲いかかり、剣を弾かれて地面に尻もちをついている。いい傾向なのかそうでもないのか、判断に迷うところだ。

……いやいや、そんな冷静に実況している場合じゃないんだ！

「宝珠の腕輪が手に入った！」

「何ですと⁉」

信じられないといった表情で驚くフィルマンに宝珠の腕輪を見せると、確かに噂《うわさ》に聞く見た目だと言う。

しかし渡そうとしたら、あくまでその腕輪はシャルパンティエ侯爵家の家宝だから、他家の使用人である自分が触れるなど恐れ多い、と固辞《こじ》されてしまった。

「リュー、俺にも見せてくれよ」

「ん」

興味津々《きょうみしんしん》で手を出してきたベル兄に、腕輪を手渡す。

金よりも艶《つや》やかな色合いで、見た目よりも重い。外見はただの金属だが、手首に触れる内側には、大小の様々な宝石が埋め込まれている。

へへへっ、と笑いながらベル兄が腕にはめて見せる。ぶかぶかで、握り拳を作らないとすぐに外れてしまうくらい大きい。

俺も俺も、とアル兄が腕にはめても同じくサイズが合わない。割と大きめに作られているのだろうか。

もしかして、これが原因でお母様の手首からスポンと抜け落ちちゃったってこと？

「ほら、お爺様にお返ししたらもう見ることもできないだろうし、お前もはめてみろ」

興奮した様子でアル兄が僕の左手に腕輪を通す。

すると、キュッと腕輪のサイズが小さくなって、僕の腕にジャストフィットしてしまった。

「「何これ⁉」」

アル兄、ベル兄と共に驚いていると、腕輪が薄く光を放ち始め、内側に埋め込まれた宝石が外側から透けて見えるようになった。宝石は揺らめく虹のように輝いている。

え、本当に何これ⁉

「宝珠の腕輪は、光の精霊より時の勇者が授《さず》かったと言われる伝説の宝具です。オリハルコンの内側に魔法石が埋め込まれており、然《しか》るべき人物が身につければ真の姿を現すという言い伝えもあります。リューお坊ちゃま、もしやお坊ちゃまは宝珠の腕輪に選ばれたのでは……？」

フィルマンが動揺した様子で、腕輪の設定を教えてくれる。そんな裏設定知らないよ⁉

僕が選ばれただって？　勇者候補のマクシムならともかく、ただの脇役を選んでどうするんだよ、光の精霊とやら。

これを持ち帰ってマクシムにはめさせれば、同じように光り出すのだろうか。

腕から抜こうとすると、虹のような輝きは消えて元の姿と大きさに戻った。良かった、呪いの防具みたく抜けなくなるんじゃないかと心配したよ……。

「リュエさん、何で宝珠の腕輪を持ってたんですか……？」

「「リュエ殿（さん）が⁉」」

みんなでリュエさんを見やる。リュエさんは嬉しそうに微笑みながら口を開いた。

「捜していた宝珠の腕輪が見つかったのよね？　これからはどうするおつもり？　もう少し身体を休めてから地上へと戻るのかしら」

答えるつもりはないらしい。その後フィルマンが問い詰めても、兄達が食い下がっても、のらりくらりとはぐらかされて明確な回答は得られなかった。

そもそもこの人（？）の正体も、まだ教えてもらっていないのだ。何なのか分からない存在と契約を結んだと改めて考えると、ちょっと不気味だ。

あの優しそうな笑顔の裏で、一体何を考えているのだろうか……。

「皆様、何にしてもここはもうしばし身体をお休めください。目的のものは見つかったのです。帰るにしても、先へ進むにしても、今は休むべきです」

アンジェルはそう言うが、手に入ったから万事オッケーとはならないだろう。だいたいこの腕輪が本物かどうかも分からないし……。

まあたとえ偽物だったとしても、これはこれで家宝にできちゃいそうな、すごいアイテムに見えるけど。

「お坊ちゃま方、今はお休みくださいまし。見張りは私とアンジェルで務めます。まだ修業が終わった訳ではございません。休むべき時に休むのも探索者、ひいては民の守護者として求められる素質にございますぞ」

アンジェル、そしてフィルマンの勧めで、僕も兄達と共に休むこととなった。


次の朝。といっても、迷宮内なので日がどれくらい昇っているか分からないが、目を覚ますとリュエさんに膝枕をされていた。見上げるとその大きな胸で視界が埋まり、何も見えない。

「何をしてるんですか……」

「いいじゃないの、よく眠れたでしょう？　それより頭を持ち上げられても起きないなんて、探索者失格なのではなくって？」

くっ、痛いところを突く……。

地べたで寝ていたから、もっと身体中がミシミシと痛むだろうと覚悟していたが、ベッドで寝たのと変わらないくらい寝心地がよかった。リュエさんのおかげということにしておこう。

僕達が寝てからフィルマンとアンジェル、そしてリュエさんが話し合い、僕達兄弟が望むのならば先へ進もうということに決まったそうだ。

そして何とリュエさん、ダークトロールの居場所を知っているらしい。

もう何があっても驚かないよ……リュエさんがエルフであろうが人狼であろうが美魔女であろうが、「はぁそうですか」と受け流してやる！

「アル兄、どうする？　俺達二人の力ではダークトロールは倒せないにしても、先に進んでもっと実戦経験を積んだ方がいいんじゃないか？」

ベル兄が先へ進むべきだと主張する。その目は真剣で、決してリュエさんにカッコいいところを見せたいだとかいう生半可《なまはんか》な気持ちでないことが伝わってくる。

「そうだな、宝珠の腕輪に選ばれるくらい強くならないとな。俺達も負けてられないな！」

アル兄もそう答えた。二人は実戦を経験して、さらにやる気に満ちている。

とてもいいことだけど、僕だけ同じ枠に入っていないのが少し寂しい。僕、一番年下なんだけど。まあ、それも贅沢《ぜいたく》な悩みか。本当に幼い頃からアンジェルとフィルマンに鍛えてもらったおかげだしね。

二人がすぐに脱落してしまった魔法や武術の稽古を、僕は三歳からずっと続けている。公爵城に移ってからは二人も参加するようになったものの、子供の時分《じぶん》で数年の差は大きい。

そしてマンツーマンで見てもらっていたこと、基礎の基礎をしっかりと教えてもらったことも合わせると、どうしても僕に大きなアドバンテージがあるのだ。

その成果として宝珠の腕輪が光り出したんじゃないだろうか。もしそうであれば、僕だけでなく小さい頃から一緒に稽古してきたマクシムも、宝珠の腕輪に選ばれていいはずだよね？　そうじゃないと困る。


そうして迷宮攻略は続行することになり、リュエさんの道案内で先へ進む。

先頭はアル兄とベル兄、少し後ろにフィルマンが付いており、さらにその後ろに僕と、僕の手を握って歩くリュエさん。最後尾がアンジェルだ。

もう手を繋がれようが頭を撫でられようが驚くもんか、ツッコむもんか！

道中で出てくる魔物は、兄達が連携して倒している。フィルマンのサポートもあり、昨日より強力な魔物が出ても怯《おび》えることなく冷静に対応していた。

剣捌《さば》きも魔法の使い方も、徐々に上手くなっていっているのが分かる。

そんなこんなでついに到着、最下層。砂漠の迷宮の最奥だ。

ダークトロールがいるのは恐らく本当だろう。リュエさんが案内すると言った以上、そこにいるんじゃないかな。根拠はないけどそう思う。

ただ吟遊詩人が歌っていた、光の精霊が封印されているという話は嘘だろうな。

あれは、お母様が宝珠の腕輪を失くしたことを有耶無耶《うやむや》にするべく誰かに嘘を吹き込んだのが伝わり、巡り巡ってあの吟遊詩人の耳に入ったんだろう。

もしくは、ヤケになったお母様が、吟遊詩人に直接あのような歌を作らせたか。まあ腕輪が手に入った今となっては、どっちでもいいんだけどね。

「禍々《まがまが》しい魔力を感じますな、あちらでしょうか」

フィルマンが何かに気付いたようだ。アル兄とベル兄を背に隠し、慎重に歩を進めていく。この辺りだけ発光する石が置かれておらず、暗くて寒い。

足元を照らす照明が必要だが、火を焚《た》くと煙が充満してしまうので使えない。

う〜ん、懐中電灯みたいな魔法があればいいのに。こう、手から光がピカ〜ッ、みたいな？

異世界ものの主人公とか、それこそゲームのキャラとかが、「ライトボール！」みたく短縮詠唱して、光の玉を出す感じ。あれやりたいなぁ。

手をパッ！　っと開いてピカ〜ッ！　あ、できた。

「な、光が⁉　リューお坊ちゃま、それは何でございますか⁉」

フィルマンがびっくりして僕の方を振り向く。僕の手からの光が下から当たるもんだから、フィルマンの顔がオバケみたいに照らされて怖い。こっちがびっくりするわ。

「え!?　え～っと、光魔法……？」

何って言われてもこうして光ってんじゃんか。ゲームにもあったよ、光属性の魔法。まさかこんなタイミングで使えるようになるとは思わなかったけど。

フィルマンは呆気に取られてるが、リュエさんはニコニコ笑ってるし、アンジェルも特にリアクションしてないし、明るくなったし行こう行こう行こう。

ほら、何かそれっぽい古びた扉もあるよ。

「フィルマン！　あれ何の扉だろう……」

ここに来て急に怯《おび》え出《だ》すベル兄。それに釣られてか、アル兄も及び腰になっている。でもダークトロールなら、ゲームで何度も倒しているから大丈夫。

弱点はそう、光魔法。

僕はフィルマンの前に立ち、その古びた扉に手を掛ける。感触は冷たく重い。ちょっとやそっとの力では動かなそうだ。

「リューお坊ちゃま」

「大丈夫だよ、フィルマン」

フィルマンの制止を受けるが、油断はしていないことを伝える。両手に身体強化魔法《フィジカルブースト》を掛けて、重い扉を奥へと押し開けた。

暗いから部屋の大きさが分からない。光らせている手をかざして内部を照らす。このどこかにダークトロールがいるんだろうか。

魔力を手に集中し、さらに強力な懐中電灯をイメージすると……ザザッ、と何かが動く音がした。

その方向へ光を向けると、「グワァァァァァ！」と雄叫びを上げる、毛むくじゃらの熊のような魔物が見えた。

いた、ダークトロールだ！　身体から煙のような靄《もや》を上げながら、こちらへと近付いてくる。

照明のつもりの光でもダメージを食らっているらしい。

やはり光が弱点で間違いなさそうだ。

ダークトロールは物理攻撃に強い。斬ったそばから傷が治癒していくので、その治癒力を上回る圧倒的な攻撃力で攻めるか、弱点である光魔法で攻めるのがゲームでの正攻法だった。

試しに遠距離から、先ほどと同じ魔法障壁《マジックシールド》での攻撃をしてみたが、ダークトロールが展開した障壁に阻まれた。ならば、圧倒的攻撃力を誇る光魔法を武器にしよう！

男の子なら一度は憧れる、ＳＦ映画に出てきたあの光の剣をイメージする。

握った両手に出現させると、ちょっと大きいけどだいたいイメージ通りになった。ヴーンという効果音が欲しいところだ。

身体強化した両足で地面を蹴り、空中からダークトロールへと斬りかかる！

ダークトロールの魔法障壁《マジックシールド》ごと、頭から真っ二つに切り裂いた。

まさか一撃とは。どんな防御《ぼうぎょ》でも切り裂く光の剣、やっぱカッコいいな！

意識していなかったが、光の剣の色は黄色だった。映画では赤や緑があったけど、僕は紫色が一番気に入っていた。個性的だし、僕自身も好きな色だし。

光の色を決めるのって屈折率《くっせつ》？　反射率？　波長かな？　科学的なことなんてあんまり分からないけど、剣の色を意識して紫色に変えてみる。お、できたできた。

「すごいわっ。そんな光の使い方、私でも思いつかなかったのに！」

部屋の入り口を振り返ると、リュエさんがやたら興奮している。その後ろに呆然と佇《たたず》むアル兄、ベル兄、そしてフィルマン。

アンジェルは無表情だが、長い付き合いだから分かる。あれは面白くなさそうな顔だ。

……確かに、アンジェルに教わった訳じゃないもんね、光魔法は。

しばらくしてから、我に返ったフィルマンが動き出し、部屋の内部を確認してくれた。

どうやら魔物は先ほどのダークトロールだけのようだ。ダークトロールの死体は真っ二つになった直後、すぐに地面に吸収されていった。

「リュー、奥に扉がある！　もしかしてこの先に、光の精霊が封印されているのかもしれない‼」

アル兄が部屋の奥で手招きしている。自分では怖くて開けられないから開けてくれってことだろう。

でも光の精霊はいないんじゃないかな？　いたとしても、ダークトロールに封印できる訳ないもの、弱点そのものなんだから。

いや、弱点そのものだからこそ封印したいと思うだろうか。だとしたらどうやって封印するんだ？　あ、そのための宝珠の腕輪？　いやいや、あれはお母様の作り話だし……。

他の面々に声を掛けた後、僕は部屋の奥にあった扉を開けた。

ゴゴゴゴゴッ、重々しく開いた部屋の中からは、何故か微かに花の匂いが漂ってきた。

光魔法で内部を照らすと、そこはわずか六畳ほどしかない小さな部屋だった。

所狭しと草花が咲いており、その中心にはこの世界では珍しい、黒髪の少女が仰向けに横たわっている。

こんなところに普通の少女がいる訳がない。

しかし彼女はそこで眠っている。そんな訳がないと思いつつ、展開的に、状況的に、こう思わずにはいられない。

――もしかして、彼女が光の精霊なのか……？

草のベッドの上で、深く眠っている黒髪の少女。

見た目は僕と同じくらい、恐らく十歳にもなっていないくらいだろう。

周りの草花が瑞々《みずみず》しいのに対して彼女の顔色は真っ白で、血色《けっしょく》がない。まるで彼女だけ時間が停止しているかのような雰囲気だ。

これはあれだ、眠れる森の美女ならぬ美少女だ。やはりダークトロールに封印されていたんだろうか。

であれば、何かしら彼女を封印から解く手段があるはずだ。眠れる森の美女ならば、偶然通りかかった王子様のキスによって目が覚める、という具合に。

でも僕が彼女にキスをして、それをきっかけに目が覚めるとはとても思えない。それに万が一目が覚めなかった場合の、みんなのリアクションを想像するだけで怖い。キスはダメだ。

そこで取り出すは宝珠の腕輪。この美少女が本当に光の精霊なのであれば、元々は彼女が作ったものということになる。

彼女が魔法によって封印されているのなら、魔力干渉を遮断する腕輪の効果で、その封印が解けるかもしれない。やってみる価値はあるだろう。

荷袋から宝珠の腕輪を取り出し、彼女の左腕にはめてみる。ぶかぶかで、サイズも変化しない。右腕でもやってみたが、結果は同じだった。

「何をしているんだ？」

アル兄が不思議そうな顔で聞いてきた。ベル兄はリュエさんに見とれてボーッとしている。ベル兄、馬鹿みたいな顔してないでこの女の子を起こす方法を一緒に考えてよ。

「彼女が魔法で封印されてるんなら、宝珠の腕輪の効果で、その封印が解けないかなと思って試してみたんだけど、ダメみたいだ」

アル兄に返事をしながら、やはりここはキスをすべきなのだろうかと思い悩む。

う～～～ん……よし、もしキスで封印が解けなかったとしてもいい！　僕はこの美少女にキスをするんだ!!

寝ている彼女の、首の下に手を回そうとしたところで、なんとリュエさんが彼女の頬を平手で叩いた。え、ぶつの!?

「ちょっとシャン、お客様よ。起きなさいな」

まさか知り合い!? リュエさん光の精霊まで知ってたの!?

パチリと目を開け、シャンと呼ばれた眠れる美少女が身体を起こす。

「あれぇ、リュエ? 今あたしの頬《ほ》っぺた叩いた?」

眠っていた美少女がリュエさんの顔を見上げてそう尋ねる。だいぶ寝ぼけている感じだけど、大丈夫だろうか。

封印されていたせいで魔力が足りないとか、そんな影響がありそうだな。いや、リュエさんが平手で叩いて目が覚めているんだから、そもそも封印なんてされていなかったのか……?

「気のせいじゃないかしら? それより、お待ちかねのお客様がお越しよ」

お待ちかね? ダークトロールを倒す人を待っていたってこと?

ダークトロールを倒し、奥にあるこの部屋に辿り着くことができたのは僕達が最初だ。誰かがこの部屋を発見するまで、ここで待機していたのだろうか。

「あ、ホントだ。ご挨拶しないとなの。うんしょっと」

立ち上がり、ワンピースをパタパタと手で叩く美少女。そして彼女はスカートの端を摘まみ、膝を少し曲げて優雅《ゆうが》なお辞儀《カーテシー》を披露《ひろう》する。

「あたしは大地の精霊、シャン・ド・フルール。時が来るまで暇だったの、だからここに引きこもっていたの」

「「「はぁぁぁぁ⁉」」」

僕と兄達とフィルマンの声が重なる。

まさかの人違いならぬ、精霊違い。大地の精霊ときた。

まあ確かに、改めて辺りを見回せば分からなくもない。森の中をそのまま再現したような部屋だ。森とはまさに大地の恵みを受けて育つもの。その大地を守護する精霊がいれば、草花も瑞々《みずみず》しく育つだろう……いやいやいや、いくら何でもおかしい。

ここは日光の入らない地下空間、迷宮の最奥だ。いくら大地の精霊がいようが、光がなければ草花も育つまい。

「リュエ、あなたがお散歩していたから、昨日と今日の光をあげられてないの。お願いしたいの」

「一日や二日で枯れたりしませんわよ、シャンったら心配性ですわね」

すると突然、リュエさんの全身が淡く光り出した。

その光はとても優しく、キラキラと輝く星明かりのようだ。見る者全てを浄化しそうな、聖なる光。

「星明かりじゃなくって太陽なの、元気一杯になれないの！」

黒髪の少女、大地の精霊シャンが地団駄《じだんだ》を踏んで怒っている。まさに大地の怒り、でも幸い地震は起きなかった。

「はいはい分かったわ、皆様しばし目を瞑っておいてくださいな」

リュエさんがそう言った後にひと呼吸置くと、目を瞑っていても眩しいほどの光が室内を満たした。

『リュー君は直接見ても大丈夫ですわよ』

念話によるリュエさんの声を信じて恐る恐る目を開けると、光に包まれたリュエさんの姿が見えた。

神々《こうごう》しい立ち姿。彼女が美の女神、アフロディーテだと言われても驚かないだろう。この世界には多分そんな女神も最高神ゼウスもいないだろうけど。

「うんうん、もういいの。今日の分のお日様は浴びれたの」

嬉しそうに足元に咲く花を愛《め》でるシャンさん。

その言葉をきっかけに、眩しかった光が先ほどの淡く優しい光へと戻った。心なしか、先ほどよりも草花が瑞々しいような気がする。

リュエさんは僕達の方へ向き直って言った。

「じゃあ私も改めて自己紹介を致しましょうか。私はリュエール・デ・ゼトワール。光の精霊ですわ」

「え～！　リュエさんが光の精霊!?」

何だってー!?　……あれ？　驚いているのは僕だけみたいだ。どうして誰も驚いていないのかと兄達やフィルマンを見ると、

「さすがにこれまでのヒントがあれば分かるだろうに……」

と呆れられた。みんなはいつのタイミングで気付いたのだろう、謎だ。

あれちょっと待って。ってことは、僕は光の精霊と契約を結んだってこと？

いよいよ大変なことになってきたな……というか、不気味だなんて思って申し訳ない。

魔法の明かりや光の剣が使えるようになったのは、そのおかげなのだろう。イメージすることはできても、それを形にできたのはリュエさんとの契約があってこそなのかもしれない。

「いやはや、もう何を驚けば良いのやら困りますな」

ほっほっほっ、と笑うフィルマン。そうだね、笑っておこう。衝撃的過ぎて笑うしかないよ。

ただの脇役であるはずのリュドヴィックが、物語《ストーリー》の裏側に隠れていた、この世界の根幹に関わる精霊二柱《ふたはしら》を前にして立っている。

もうこれ、「もし『ケイオスワールド』の脇役が超強かったら」みたいな同人誌の世界だって言われても納得するよ、僕。

まぁ『ケイオスワールド』は同人誌どころか、攻略サイトすら見つからなかった訳だけど。

「で、シャンさんとは契約しないのか？」

アル兄が色々な物事をすっ飛ばして聞いてきた。

いやいやいや、初めて会った精霊においそれと契約なんてしてもらえる訳ないでしょ？　え、リュエさん？　光の精霊は特別変わり者なんじゃないかな。

そんなことを考えていると、とことことシャンさんが僕の前へ歩いてきた。

何だろう、と綺麗なシャンさんの顔を見ていると、シャンさんが僕の肩に手を置く。

「ちゅっ」

「……え!?」

何をされたのか分からなかったが、どうやらシャンさんに唇を奪われたらしい。は、初めてだったのに!?

「ダメだった……？」

「いや、え？　あの、その……」

何と言うべきか戸惑っていると、シャンさんに抱き締められた。僕の頬がシャンさんの透《す》き通《とお》るような首筋に触れる。

柑橘《かんきつ》系の果物を思わせる爽《さわ》やかな香り。リュエさんとシャンさんに振り回されて動揺しまくりなのに、その香りを嗅《か》ぐと不思議と心が落ち着いてくる。

「あたしも仲間に入れてほしいの、いい？」

「……もちろんですとも……」

いつの間にか誰かと契約をする際の決めゼリフみたいになっているな……。

あれ？　今更だけど何でシャンさんにキスされたんだ？　アンジェルの時もリュエさんの時も、契約を交わす際にキスなんてしなかったような気がするんだけど。

『これで契約成立ね、良かったですわ』

念話でのリュエさんの声色がとても嬉しそうに聞こえる。何でそんなに喜んでくれるんだろうか。

『良かったのは良かったんですけども、精霊との契約ってそんなにポンポンできるもんなんですか？　精霊ってもっと厳《おごそ》かで神々しい感じだと思ってたんですが……』

『契約成立、念波接続完了。初めてのキスの感想を聞かせてほしいの』

頭に直接届くシャンさんの声。ついに念話のメンバーも四人になってしまった。

『ご安心くださいませ、リュー坊ちゃま。ファーストキスはもう何年も前に済んでおります』

はぁ⁉　誰と⁉　生まれてすぐに物心付いていた僕だけど、心当たりが全然ない。アンジェル、後で詳しく聞かせてもらうからな。

「お～い、もういいか？　契約終わった？」

ベル兄が呆れ顔で聞いてくる。

ゴメンね、終わったからね。無事契約成立したからね。そんなうんざりしたような声出さないでください。

当初の目的である宝珠の腕輪は手に入った。アル兄とベル兄も、最奥へ到達する過程で相当な実戦経験を積んだ。

つまり、もう砂漠の迷宮にいる理由はない。

「ではそろそろ僕達は地上へと帰りますので……」

ぼちぼちお暇《いとま》させていただこうと思いそう言うと、すかさずリュエさんからツッコミが入った。

「何故お別れのような言い方なのかしら？　契約したからには、リュー君に付いていくに決まっているでしょうに」

「決まっているの」

精霊が二柱《ふたはしら》、僕に付いてくることになった。

よく分からないが、そう決まっているらしい。契約する前にちゃんと説明しておいてほしかった。

いやこのまま街に戻っちゃったら一大事なんだけど……。クーリングオフはできないのだろうか。

宝箱を開ける必要がないので来た時よりはスムーズなはずだけど、また来た道を戻って地上へ上がるのか、面倒だなあ。

そう思っていると、シャンさんが意外なことを言い出した。

「リューちー、この天井を少しだけ剥がしてほしいの」

寝ていた小部屋の天井を指してそう言うシャンさん。

リューちーって、あだ名ですかそれ。まぁいいけど。

僕は光の剣を出し、刃の部分を伸ばして槍くらいの長さにし、ぶすぶすと天井を突っついてみた。何度か突くと、すぐにぼろぼろと崩れ始める。

普通はこんな簡単にダンジョンの壁は壊せないと思うんだけど、できてしまった。これも光魔法の力だろうか。

ある程度天井が剥がれたところで、シャンさんからストップが掛かった。

「ここからはあたしがするの。迷宮の境界を剥がしてもらったから、今は普通の土が剥き出しなの。あとは簡単なの」

そう言うと、シャンさんが頭上に見える土の部分に向かって両手をかざし、かき分けるような仕草をした。

するとまるでモーゼの奇跡のように地上へと土が分かれて穴が開き、青空が覗いた。

わぉ、めっちゃ近道ぃ～。

でも、これをどうやって登れというのか。アンジェルにドラゴンになってもらったら、何とか脱出できるか？　いや、そこまでのスペースがない。

「この草のベッドに乗るの。狭いからあたしはリューちーの膝の上に乗るの。他は適当に乗ればいいの」

「私は先に行っておくわ」

リュエさんがそう言うと、キラキラと光の粒になって姿を消した。

あ～、うん、光の精霊だもんね。

狭い草のベッドに、総勢六人が乗っかった。僕の膝の上にシャンさんが座り、そして背中にはアンジェルが抱きついてくる。両サイドにアル兄とベル兄。僕の目の前にはフィルマンがしゃがみ込む。

「準備できましたぞ」

「おっけ～、じゃあ行くの～」

シャンさんの言葉を受けて、草のベッドがゆっくりと上昇を始めた。どうやら僕達の足元の地盤《じばん》だけを押し上げているらしい。

単純に地下三十階だとして、どれくらいの深さなんだろう。百メートルくらい？

体感で二、三分ほど掛けて地上へと到着。土から砂漠の砂へ移り変わる地層が見られて、なかなか面白かった。

こうして僕達兄弟は、図らずも両親と同じようなイレギュラー極まりない方法で、砂漠の迷宮を後にしたのだった。


空飛ぶアンジェルに乗って帰ってきた僕達は、学園都市の近くにある森へ着陸してもらった。

ここからは自分達の馬車で帰ることとなる。アンジェルが直接公爵城で離着陸できれば楽なんだけど、こればかりは仕方ない。

問題はリュエさんとシャンさんをどうするかだったのだが、何と二人は契約者の僕以外には見えない、不可視の姿になれるという。

必要に応じて可視状態と切り替えられるらしいので、街では基本的に不可視になってもらうことにした。

何でもありか！　とは思ったけど、そこらへんは精霊の都合に任せておく。

願わくば、人目に付かないようにしてほしいものだ。見つかったら何と説明すれば良いのか分からない。

この人達、精霊なんですよ、なんて言おうものならとってもややこしいことになりそうだ。

公爵城の門をくぐり、シル伯父様の執務室へと向かう。アル兄が代表してシル伯父様に帰還の報告をした。

「ただいま戻りました」

しかしシル伯父様、帰還の報告だとは受け取ってくれず、何かトラブルでもあったのだろうかと首を傾げておられる。

「どうした？　忘れ物でも取りに帰ってきたのか？」

「いえ、宝珠の腕輪を見つけましたので、帰って参りました」

「はぁ!?　まだここを出立《しゅったつ》して一日しか経ってないではないか！」

ちょっとした騒ぎになりそうな雰囲気。どういうことだとシル伯父様が立ち上がり、フィルマンに詰め寄っている。

しかしそれを有耶無耶《うやむや》にしてくれるのが、帰還を聞きつけた我が愛しの悪役令嬢《アンヌ》だ。

彼女は執務室にノックなしで入ってきてドア前にいたシル伯父様を突き飛ばし、僕に抱きついてきた。

「リュー様！　ワタクシのために早く帰ってきてくださったのですね!?　お顔をよく見せてくださいませ！」

有耶無耶《うやむや》にしてくれるのは嬉しいんだけど、父親を蹴飛ばして踏んづけるのは良くないな。シル伯父様のヘイトが全部僕に乗っかってくるよ……。

「ただいま、アンヌ。そんなに抱き締めなくても逃げたりしないよ」

そう宥《なだ》めると、僕の胸元でクンクンと鼻を鳴らすアンヌ。

こら、レディにあるまじき行為ですよ。

「……アンジェル以外の匂いがします。それも二種類」

精霊の匂いすら嗅ぎ分けるアンヌ・ソフィー・リフドゥ＝トルアゲデス。違いの分かる、恐るべきご令嬢だ。

アンヌにはいずれ、アンジェルがドラゴンであることも、精霊との契約のことも打ち明けなくてはならないかもしれないな……。

そして僕に抱きついたまま離れないアンヌに向かって、光の精霊と大地の精霊は不可視状態でベロベロバーしている。何この人達。何のためにアンヌと張り合っているんだろうか。
僕の脇役人生はどこに向かっているのだろう。非常に不安だ。

幕間：チート転生者の真似がしたい

砂漠の迷宮を攻略したら、精霊二柱《ふたはしら》と契約を交わすことになった。

その結果、僕の魔力保有量は尋常じゃないほどに増えていた。

以前から魔法については、試してみたいと思っていたことがいくつかあるんだけど、いくら魔法
だからといってそんなことまではできないよねと諦めていた。

でも魔力の保有量が増えた今ならば、実現可能なんじゃないか？

ということで、攻略からしばらく経ったある日の未明、周りに何もない場所に来た。

具体的に言うと、学園都市と砂漠の迷宮のちょうど中間地点くらい。アンジェルの背中に乗って
ひとっ飛びだ。

アンヌに見つかると連れていけと言われそうなので、わざわざ夜明け前にリュエに起こしても
らった。どれだけ熟睡《じゅくすい》していても、あんな眩しい光を当てられたら誰でも起きられるよね。

あと、リュエとシャンからは、さん付け禁止を言い渡されたので呼び捨てにしている。

それでいいのか精霊。僕が誰かから怒られそうな気がしてならない。

砂漠の迷宮から帰ってすぐに聞かされたことだけど、精霊と呼ばれる存在は無数にいるらしい。

例えば山の精霊であったり花の精霊であったり、日本で言うところの八百万《やおよろず》の神様的な存在に当たるようだ。

そしてより高い〝大精霊〟という位《くらい》に君臨し、大地にまつわる様々な精霊を統率《とうそつ》しているのが、シャン・ド・フルール。精霊でも特に偉いらしい。

そして、大地ではなく光にまつわる精霊を統率するのが、光の大精霊リュエール・デ・ゼトワール、ということだそうだ。

何にせよ、シャンもリュエもとんでもなく高位の精霊である訳で。

「大精霊と複数契約しているからって、硬くなる必要はないのよ」

って言われても困る。困るけれども、契約していること自体を誰かに公表するつもりもないし、まぁいっか。


「では、実験を始めたいと思います」

「「わぁ〜、ぱちぱちぱちぃ〜」」

草もまばらな砂漠のど真ん中。実体化したリュエとシャンが拍手する。精霊が二柱《ふたはしら》もいるから遠慮しているのだろうか、アンジェルは数歩後ろに下がって無言で手を叩いている。

さて、やりたいこととは何かというと……ずばり転生者に付き物の〝チート〟だっ！

精霊のせいで今となっては影が薄いけれど、神様から五体満足で健康そのものの身体をいただいたことには、僕は大変感謝している。

けれども、欲を言えばやっぱりチート的な能力が欲しい。転生者とチートはセットみたいなところがあるし。

そう思いつつ、でも後天的にチートなんてもらえないよねと諦めていた。

しかし諦めていたところでの、先日交わした大精霊二柱《ふたはしら》との契約である。

僕は日々の鍛錬のおかげで魔力量が多い方らしかったのだが、今回の契約で無尽蔵《むじんぞう》と言ってもいいくらいの魔力保有量になってしまった。これだけの魔力があれば、大抵のことはできるんじゃないだろうか。

チートと言って真っ先に思い浮かぶのは、ステータスオープン。

これは喋れるようになってからすぐに試した。

結果として、人のステータスどころか自分のステータスも見られなかった。

ステータスオープンの次に思い浮かぶのはアイテムボックス。ボックスオープンと言ってみたが、何も出てこなかった。これは当然で、『ケイオスワールド』ではどんなものでも持ち運べるようなインベントリシステムは使われていなかった。

空間魔法と呼ばれるものもこの世界にはない。多分、恐らくは……。

断言できないのが、この世界に隠されている裏設定の怖いところだ。

少なくとも現時点では存在を確認していない。でもアイテムボックスについては、空間魔法がないとしても精霊の力を借りれば、似たようなことができるのではないかと思う。

ということで実験開始。大精霊の力を借りて、チート……というか、チートらしい便利魔法を使える転生者になれるだろうか。

「シャン、金属の箱を用意してほしいんだ。土の中に、鉄やら銀やらが含まれてるでしょ？　それをちょちょっと加工して、一メートル四方の箱を作れる？」

「ん～？　ちょっと待ってほしいの。あ、できたの。ほいっ」

シャンは僕の要望にやや首を傾げつつも、僕が思い描いたものを形にしてくれた。

砂が盛り上がって、金属でできた箱が顔を出す。

できたはいいけど、フタのない升《ます》の状態で砂の中からせり上がってきたもんだから、中にぎっしり砂が入っている。

「これでどうするの？」

「いや……ごめん、フタを付けてもらうように頼めば良かったね。まぁ今は実験だからいいや。この箱に荷物とか必要なものを詰めて、地中に戻すでしょ。で、中身が必要になったら今みたいに地表に出してもらう、っていうのをやってみたかったんだ。どう、できそうかな？」

「リューちーってばよくそんなこと思いつくの。ちょっとした旅なら手ぶらで移動できるようになるのね。自分がいる場所にこの箱を呼び出せばいいの。なるほどなの」

シャンが感心してくれているけど、同時に欠点を挙げてくれた。

この箱を地中で移動させるとなると、地下水脈や木の根っこなどをいちいち避《よ》けなければならないのだという。

そうやって移動させることは、できなくはないが時間が掛かり、何より面倒くさいと言われた。

箱のサイズを大きくすればするほどその問題がネックになるため、正直割に合わなそうだ。

「頼りになりそうな精霊を呼びましょうか？」

そうリュエが言ってくれたが、今は遠慮しておく。それがどんな精霊なのか、少しだけ気にはなるけれど、どうしても必要という訳でもないしな。

さようならアイテムボックス。


気を取り直して、次の実験に移る。

「シャン、次は僕の足元の地面をせーので勢いよく、二メートルくらいの高さにせり上げてほしい」

「んん？　分かったの、行くの。せぇ～の」

僕はその場にしゃがみ、両足に身体強化魔法《フィジカルブースト》を掛ける。

そして地面がせり上がるタイミングに合わせて地面を、蹴る！

ポーンッ、と、まるで人間大砲《たいほう》のように打ち上がり、予想通りに大ジャンプができた。

できたはいいけど……着地方法を考えていなかった。ヤバイ落ちる！

すかさずアンジェルがドラゴンへと姿を変え、空中でキャッチしてくれた。助かった……。

「リュー坊ちゃま、発想は素晴らしいですが、まずはご自分の身の安全を第一にお考えください。お坊ちゃまの身に万が一があれば、この命でもって償《つぐな》わなければなりません」

僕を地上へ降ろし、人の姿に戻ると、そう言ってギュッと抱き締めてくれた。

いつも以上に力が強い。すみません、以後気をつけます。

「今のジャンプは攻撃のためかしら？　それとも移動がメインなのかしら？」

リュエがそう尋ねるが、どっちでも使えると思う。

敵に奇襲を掛けたり、相手からの攻撃を避《よ》けたりする際にも十分に有効だ。

戦闘を避《さ》けて逃げるのにも使えるし、忍者のようにぴょんぴょんと飛びながら移動することもできるだろう。

「移動なら、身体を光に変えて、別の場所で再構築すればいいのよ」

は？　ちょっと理解できなかったので実際に見せてください。

そう頼んでみると、リュエの身体が光へと変わって散らばった。その光の粒子はキラキラと風に乗るように移動し、やがて一ヶ所に集まってリュエの身体を形作った。

迷宮から脱出する際に見た光景だけれど、それが自分自身でも使えるなんて考えもしなかった。

これはすごいぞ、移動手段というよりも物理攻撃無効になるかも？　身体を光に変化させれば、

攻撃されてもダメージを食らわないんじゃないか⁉

しかし直後にデメリットに気付く。事情を知らない人の前ではできない。卒倒されるか、人外だと叫ばれるのが目に浮かぶ。

本当に非常事態の時にしか使えないような気がするけど、とりあえずできるのかどうかだけ試してみよう。

自分の身体が光そのものになるようなイメージで、魔力を全身に纏う。

身体全体が眩しく光り出して手足の感覚が曖昧《あいまい》になっていった。が、リュエのように粒子になって移動するところまでは至らなかった。

さすがに現実離れし過ぎていて、イメージするだけでは上手くいかないな。

うん、これは今後の課題にしよう。何でもできる訳じゃないってことだ。

日々鍛錬あるのみだね。


よし、次だ。

「リュエ、光の進む方向を曲げて、僕の身体を周りから見えないようにすることはできるかな？」

いわゆる光学迷彩《こうがくめいさい》だ。これもチート主人公のお決まりの魔法。

ＳＦ映画やアニメのように、自分の身を隠して一方的に相手を偵察《ていさつ》、攻撃できるようにしたい。

「え？　ちょっと何を言っているのか分からないわ」

理解してもらえなかった。この世界には光を科学的に捉える概念自体がないのかもしれない。

僕も前世では入院しっぱなしで、ほとんど学校で授業らしい授業も受けられなかったのだけど、これでも義務教育は修了した身だ。何とか説明してみよう。

「物体が光を反射して、人の目にその反射した光が入ることで物体が見えると考えてみて。その場合、物体に当たった光をそもそも反射させないか、消してやるかすれば、周りから見えないようになると思うんだよね」

リュエが腕を組んで考え込んでいる。大きな胸がさらに強調されて、目のやり場に困る。

あ、アンジェルが自分の胸を見下ろして、心なしか寂しそうな顔をしている。大丈夫だから、何がと聞かれても答えられないけど、大丈夫だから。

そう励ますような思いでアンジェルを見つめていると、突如アンジェルの身体が見えなくなった。

「アンジェル⁉」

彼女のいた場所を手探りで確かめると、柔らかいものが手に触れた。良かった、そこにいるんだね……ん？

「リュー坊ちゃま、見えないからといって大胆過ぎます」

再び目で見えるようになったアンジェル、僕はその胸を鷲掴《わしづか》みにしていた……。

やられた、リュエに謀《はか》られた！

「突然目の前が真っ暗になったので、さすがに少々焦りました。ですが、リュー坊ちゃまの手が触れたので安心しました」

慌ててアンジェルから手を離す。怒ってなくて良かった。

こっちから見えないということは、アンジェルからすると全方位から光が遮断されているということ。光学迷彩をかけても、肝心の本人が何も見えなくなってしまうのでは意味がない。

「そこらへん上手いことできない？」

できました。こっちからは一方的に相手を視認できる状態になった。もはや科学か魔法か理屈は分からないけどすごい。スパイ活動や暗殺などに応用できそうだ。

いや、したくないけどね。今のところは。

光学迷彩だけでなく、目に魔力を集めることで、赤外線視や遠見《とおみ》、少ない光量でも視認することができる暗視もそれぞれ試してみたが、全て上手くいった。

順調に魔法を使ったチート能力が増えていっている。


続いては、光属性の攻撃魔法。

砂漠の迷宮において、僕はダークトロールを光の剣で倒した訳だけど、これは思いっきり近接攻撃なので、相手によってはあまり有効ではない。

また、一定以上の知能があり魔法を操る魔物の場合、攻撃型魔法障壁《アサルトシールド》……すなわち、魔法障壁《マジックシールド》で輪切りにするという攻撃も、相手の障壁に防がれてしまう。

互いの魔法障壁《マジックシールド》を拮抗《きっこう》させた上で、相手の障壁に魔力を侵食させて無効化する、なんて荒業《あらわざ》も思いついたがさすがに難しそうだ。魔法を一体いくつ同時に発動させればいいのか、考えただけで頭が痛くなる。

魔法の多重発動《マルチタスク》は今後も継続して練習するとして、今は光の遠距離攻撃魔法を試したい。

こちらはイメージは簡単。光の剣ができるんだから、レーザービームも可能だろう。

イメージを補強するために右手をピストルの形にして、人差し指に魔力を集めてみる。指先に集めた魔力を圧縮して……放つ。

ドッカーン！

あ、やり過ぎた。大きな砂山が一つ消し飛んだ……。

「リューちーの発想で世界がヤバイ」

シャンがぽつりと呟いた。

これ、ゲームのラスボスがいる魔王城に向けて上空から撃てば、世界が平和になるんじゃないかな。

「光の精霊達が大騒ぎしているからお勧めはできないわね」

リュエに、やんわりと止められた。精霊達がパニックを起こせば世界のバランスが崩れてしまい、大変なことになるんだそうだ。自粛《じしゅく》しておこう。

こうして僕は無事（?）、チート系主人公の仲間入りを果たしたのだった。あ、あくまでこの世界の主人公はマクシムだけど。

明け方、チート魔法の実験を終えて学園都市へ帰ってくると、城門前で主人公君と悪役令嬢ちゃんに捕まってしまった。

「兄貴！　さっき流れ星が砂漠に落ちたのが見えたってみんなが大騒ぎしてるんスけど、ひとっ走り見に行ってみませんか？」

いやいや、そんなことに現《うつつ》を抜かしていないで日課の稽古しよ、稽古。ほら、星なんて落ちてくる訳ないじゃないか、ハハハハ。

「リュー様！　こっそり公爵城を抜け出して、どこに行かれていたのですか？　ワタクシは除け者《もの》ですの⁉　リュー様は誰の側仕えなのですか⁉」

ごめんなさい、あなたの側仕えでございます。申し訳ない、許してください。もうしません……。

くっ、次からはバレないよう、もっと早めに帰らなければ……。

前世とは違う健康的な肉体と尋常ではない魔力があるのに、使わないなんて勿体ないじゃん？

たまに、たまぁ～にでいいから、この力を試させてほしいんだ。もちろん側仕えとしての役割はしっかり果たす所存ですので、何卒《なにとぞ》……。

「今夜からは一緒に寝ないとダメですわね……」

アンヌが何か言ってるけど聞こえない聞こえない。

今日手に入れたチート魔法を使えば多分、こっそりと出ていくことも、こっそりと帰ってくることも可能だ。あとはいなくなったことがバレないように、出る時間と帰る時間さえ気をつければ何とかなるはずだ。

『リュー坊ちゃまは私と一緒に寝るのですよね？』

いやいや、何で八歳にもなってメイドに寝かしつけてもらう必要があるんだ？

そもそも僕は前世の記憶があるから、一切夜泣きをしたことがないんだけどな。

小さい頃はアンジェルに添い寝をしてもらっていたけど、何ならその必要もないくらい、手の掛からない子供だったと思うよ。

『私は一晩中リュー君の寝顔を眺めていますけどね～』

『あたし達は寝る必要がないの。寝顔見放題なの』


………さ、帰ろ帰ろ。

第三章：学園都市防衛

砂漠の迷宮へは、攻略の後も実戦訓練目的でたびたび訪れるようになった。ドラゴン姿のアンジェルに乗せてもらうのではなく、身体強化魔法《フィジカルブースト》を掛けた上でひたすら走り続けて迷宮に通っている。非常に面倒だが、これには仕方がない事情がある。

それは、初回攻略メンバーに加えて、アンヌとマクシムが参加するようになったから。二人にはまだアンジェルがドラゴンであることを教えていないのだ。

アンヌの迷宮通いについては、アンジェルが付き添ってくれることを条件に、シル伯父様から特例で許可を得た。

そのアンヌは魔法・武術の腕をめきめきと上げていて、特に水魔法を得意としている。まさに戦うご令嬢、アンヌに害をなす存在などそうそういないだろう。

ただ、気がかりなことが一つ。アンジェルとの関係だ。

「アンヌ様、目には見えませんが空気中には水が漂っているとお考えください。その水を周りから集めるイメージで、さらに集めた水をどうしたいのか強く心に描くのです」

「…………」

アンジェルがアンヌの目の前に立って魔法の使い方について説明をしていても、アンヌは目を合わせることすらしない。

「あ～、アンヌ。水魔法を使う際には空気中にある水を集めて、その水をどうしたいのかイメージするんだぞ」

「分かりましたわリュー様！」

ビュー！　迷宮の壁に穴が開きました。

このようにアンジェルの教えには返事をしないので、間に入って僕がアンヌに教えてあげるという手順を踏まなければならない。

元からこの二人はあまり話さない仲だったのだけど、明らかに無視するような態度はよろしくないな。

何度アンヌに言い聞かせても改善されないので、僕は頭を悩ませている。

ツンと澄ました顔をして、返事をしなくなるのだ。しつこく言い続けると涙目になっていくので、僕はそれ以上何も言えなくなってしまう。

フィルマンの指導は素直に聞くのに、何がアンヌをそこまで頑《かたく》なにさせるのか……。

『幼くても一人の女であるということでしょう』

アンジェルが気に病《や》んでいないのならいいんだけどね。

ただ、今後他の人に対してもこんな態度を取るようなら、厳しく言わないとな、と思っている。このままでは気に入った人間としか口を利かないという、いけ好《す》かないご令嬢の典型になってしまう。

『リュー君に対してだけ例外なのではなくて？』

『幼女の癖《くせ》に生意気なの』

アンジェル、リュエ、シャンの念話三人衆は、よくアンヌの話で盛り上がる。

わざわざ僕が聞く必要のない会話を聞かされる身にもなってほしい。

「リューちーを経由しないとみんなで会話できないんだから仕方ないの」

あ、そうですか。って、わざわざそれを言うためだけに姿を現さないで！

迷宮内は薄暗いから遠目なら分からないかもしれないけど、リュエやシャンの姿を見られたら言い逃れできない。こちら大精霊のリュエさんとシャンさんです、なんて紹介しても誰も信じないからね。

迷宮攻略からふた月ほど経った頃には、攻略のそもそものきっかけである、母方の祖父シャルパンティエ侯爵との謁見も実現した。

王国会議の開催に合わせて、侯爵のいらっしゃる王都へ僕達ノマール子爵家が赴いた形だ。

父方祖父である国王陛下ほどのはしゃぎっぷりはなかったが、兄弟で力を合わせて奪還しましたと宝珠の腕輪をお渡しすると、はらはらと涙を流しながら感謝の意を述べてくださった。

「もう二度と見ることは叶わないかと思っていた。これで私も心残りなく引退できるというものだ。ジュリエッタ、何か言うことはないか……？」

あ、お母様が持ち出したのはバレていたらしい。

お母様は平伏《へいふく》して謝罪していた。まぁ返ってきたからと、侯爵は不問に付《ふ》してくださったけど。

いや、そう簡単に許してもらえる問題なのか？　どこの父親も娘に対しては甘いものなんだろうか。

僕の父は今は子爵なので、王国会議などで何度もシャルパンティエ侯爵とは顔を合わせていたらしいんだけど、お爺様とお母様が再会するのは本当に十数年ぶり。ひとまず穏便に済んで良かった。

「せっかくだ。アルフレッド、ベルナール、リュドヴィック、この腕輪を腕に通してみなさい」

気を抜いていたら、侯爵がとんでもないことを言い出した。

「これは先の勇者様が、魔王討伐の際に装備されていた伝説の宝具である。腕輪は然るべき人物を選び、その者には真の姿を見せるとの言い伝えだ。もしかしたらお前達が選ばれるやもしれんぞ？」

普通の男の子ならば飛び上がって喜ぶのだろうけど、僕達三人はこれを腕に通したらどうなるのか知っている。全力でお断りだ。

「そんな、滅相《めっそう》もないことにございます！」

アル兄が代表して声を上げてくれて、三人揃って深々と頭を下げた。

この場で腕輪が虹色に輝き出したら大事《おおごと》になる。それは僕だけの問題ではなくノマール子爵家全体の、いや王国内全体に関わる大問題だ。

「そうか、兄弟揃って控えめな性格なのだな。まぁ、分《ぶ》を弁《わきま》えるという姿勢は悪くはないがな。お前達の年齢であればもう少し活発であってもよいのだぞ」

そう言ってお爺様が納得してくれたから事なきを得た。

お爺様もお婆様も気品溢れる高貴なお方で、その後も何度もお会いする機会はあったのだけれどどうにも緊張は取れなかった。王侯貴族の血を引いているとはいえ、前世が平民な僕としては場違いさを感じてそわそわしてしまうのだ。

さて、そんなこんなでまた三年が経ち、僕ことリュドヴィックは十一歳、そして愛しの悪役令嬢ことアンヌは九歳になった。

一方長兄アルフレッドは、学園都市内で最も有名な、王立スタニスラス学園の三年生になっていた。そして次兄ベルナールも同学園の二年生である。共に首席での合格で、入学時にはそれぞれ新入生代表として挨拶をしたらしい。

言ってくれれば見に行ったのに。え、両親は揃って見に来たって? 誘ってよ!

まあ、僕はアンヌの側仕えだからね、片時《かたとき》も離れないことが僕の仕事だから仕方ないか。

スタニスラス学園は四年制の学校で、主に魔法や武術、戦術など魔族に対抗できる戦い方を教育している王家直属の教育機関でもある。

学園都市には他にも特徴の異なる学園がある他、魔族に関する研究を行《おこな》っている機関などもあり、互いに連携している。

他領にも同じ目的の学園都市は存在するが、このトルアゲデス公爵領にある学園都市の規模は王都を抜いて国内最大だという。

メルヴィング王国に住む子供の中で、その年に十二歳になる者には全員どこかしらの学園を受験する義務がある。そして適性がある者は、それぞれの学園へと入学することになる。

僕も今年十二歳になるから、そのうちの一人だ。

今日も手続きに必要な書類を受け取ってきた。両親と街中をあちこち回ってくたびれた僕は、早めにベッドに入っている。

職人や軍人など、卒業後の就職先を斡旋《あっせん》してくれるのはどの学園でも変わらないのだけど、スタニスラス学園は特に人気があるという。

何故なら、かつての勇者の名前を冠《かん》した学園であり、他の学園よりも頭一つ、いやそれ以上に抜けた優秀な教師陣が揃っているからだ。

そして王家に仕える貴族達からは、ここを卒業することが最高のステータスとして見られていることもあり、スタニスラス学園は王国中から受験希望者が殺到するのだ。

ちなみに、僕の両親のロミリオとジュリエッタの在学中のラブロマンスも有名で、アル兄とベル兄はその話を事あるごとに持ち出されて苦労しているらしい。

受験が国の制度として定められている理由は簡単で、学園が魔族の侵略に備えるための国務機関でもあるからだ。

言ってしまえば各地にある学園は、士官や兵士の養成所のようなものである。

したがって、学園に通う諸経費は全て無料。入学費に授業料も、毎日三食出る食堂の利用も無料。希望者に割り当てられる寮《りょう》まで無料である。

ただし、それ相応の成績を求められ、付いてこられない者は容赦なく退学となる。

厳しく思えるが当たり前の話だ。国の安全保障がかかっているのだから。

と、ここまでほぼ全て裏設定である。『ケイオスワールド』をプレイした際は、主人公であるマクシムが通う学園だ、という程度の紹介しかなかった。

王立スタニスラス学園という正式名称や、スタニスラスという勇者がかつていたのだ、ということは転生した後に知った。

スタニスラス・ファルゾン＝メルヴィング——三百年くらい前に魔王を倒したという、先代の勇者。

ファルゾンが元々生まれた家名で、メルヴィングは養子に入った後の家名である。

魔王を倒した後にその功績を認められて王家の姫と結婚し、婿《むこ》入りして王族の一員になった、ということらしい。そして、彼の子孫が国王になり、その血が現在の王家まで続いているそうな。

つまり、僕ことリュドヴィックには王家の血だけでなく、勇者の血も流れているのだ。

ストーリーにおいてさして重要でもなく、「リュドヴィック、死んだらしいよ」くらいしか出てこない脇役にしては濃過ぎる設定だとつくづく思う。

まぁ、そんな裏設定があろうが関係ない。次の勇者として選ばれるのはマクシムなのだから。

勇者という存在は世襲制ではないし、紋章を代々受け継いでいたりもしない。

勇者選定の儀はマクシムが学園の三年生の時。つまり今から約三年後だ。

それまでにマクシムを鍛え、来年学園で出会うであろう勇者パーティーのメンバーも鍛えておけば、魔王討伐も何とかなるはず……。

そういえば、勇者以外のパーティーメンバーってどういう条件で選ばれているんだろう。具体的な選定方法は描写されてなかったような気がするけど、やっぱり選ばれるのはあのメンバーなんだろうか。

立候補な訳ないよね。勇者は明確な選定方法があるから……ん？

あ……勇者選定の儀が行われるそもそものきっかけになった事件、忘れてた。学園都市に甚大《じんだい》な被害が出るあの事件。

——もうすぐ学園都市に、魔物と魔族が襲撃してくるんだ！

何故、どこから、どのような手段でこの王国のど真ん中にやってくるのかは分からない。

だがストーリーが始まる一年前の話としてシナリオで触れられているのが、魔族による学園都市襲撃だ。

マクシムが学園に入学する日が『ケイオスワールド』のプロローグ冒頭だから、一年前というとちょうど今頃に当たる。

被害を出しながらも、何とか魔族の襲撃を撃退したその後、この襲撃は三百年前に勇者が魔王を討伐して以降大人しくしていた魔族が、人族に侵攻を始める兆《きざ》しではないかという話になる。

それならば速《すみ》やかに勇者選定の儀を行わなければ、という王国の思惑《おもわく》のもとで、本編のストーリーが動き出すのだ。

襲撃を受けた時は、都市内に駐留していた王国軍兵士達に加え、学園の生徒達も奮戦《ふんせん》したらしいのだけど、戦闘による損失は大きかったという。

そしてその損失の中には、アンヌの母親である公爵夫人、マリー様の命も含まれる。

そう、僕が敬愛するマリー様は、ゲームの開始時点で既に亡くなっている設定なのだ。

絶対に襲撃は阻止《そし》、最低でも撃退しなくては！

何故僕が魔族の襲撃をあらかじめ知っているのかは聞かれると困るので、お父様や公爵であるシル伯父様には相談できない。個人としては信じてくれるかもしれないが、具体的な根拠がなければ王国軍を動かすことはできないだろう。

ならば、僕が自分でその根拠を探そう。

王国の中央に位置する学園都市に、突然魔族が現れるというのは、常識的には考えにくいことだ。

もしかしたら転移魔法陣のようなものがあるのかもしれない。であれば、その魔法陣や痕跡《こんせき》を見つけ出せばそれだけでも、何か危険が迫っている可能性が高いという根拠にはなる。

どんな小さな手掛かりでもいいから、見つけ出さなければ。

どれだけ時間が残されているのかも分からない以上、今すぐに行動を開始すべきだ。もう今は夜だけど、僕は魔法で夜目《よめ》が利くようにできるから問題ない。


ということで、こっそりベッドを抜け出した僕だったが——

「あら、こんな夜遅くにどちらへお出掛けですか?」

ぐっ、廊下でアンヌに捕まった。もう寝ているだろうと思ったのに。

可愛らしい寝間着姿のアンヌは、腕組みをして僕の前に立ち塞がる。光学迷彩で見えていないはずなのに、しっかりと僕と目が合っているのだから恐ろしい。

チート魔法を実験した時の僕の予想とは裏腹に、あれ以降僕の夜間外出はアンヌに見つかりまくっていた。

アンヌは視覚だけでなく、魔力で僕を見つけてきたのだ。

僕の魔力さえ捕捉できれば、目に見えていなくても隠れている位置が分かる、と本人から種明かしをしてもらったんだけど、それにしてもアンヌすごい。

光学迷彩でも、アンヌの魔力探知能力には敵わないみたいだ。

「夜の草原を走りたくて……」

あー、見つかっちゃったからまた別の日にするか——と、簡単に引き下がれる状況ではない。

アンヌに事情を全て説明することはできない以上、何とかはぐらかしつつ上手く抜け出さなければ。

「今からですの？」

「う、うん……」

「わざわざ魔法で身を隠して、ですか……？」

「……はい」

「ワタクシに隠れて？　リュー様は誰の側仕えでしたかしら？」

「ゴメンナサイ」

あ、思わず謝《あやま》ってしまった！　しかし僕の立場を言われてしまうと、何の言い訳もできないんだよね。これは吐くまで追及されるパターンだろうか。

はい分かりました、ワタクシは家で寝ておきますわ、と聞き分けてくれたらいいんだけど、そうはいかないことは分かりきっている。

「……以前から言い寄ってきている女の子のところへ行くおつもりですか？」

急に小声になったアンヌが、僕の服の裾を握って聞いてくる。

言い寄ってきている女の子？　もしかして、アンヌが微かに存在を感じ取っているリュエとシャンのことだろうか？

もしそうだとしても、全てを洗いざらい説明する訳にはいかない。可能な限り、精霊との契約のことは隠しておきたい……。

「ん？　いや、本当に草原を走ろうと思っただけだ。見回りをしようと……」

「見回り、ですの……？」

先ほどの不安そうな表情から一変、不思議そうな顔になった。

小首を傾げ、僕を見上げてくるアンヌ。そのつぶらな瞳を前にして、本当のことは言わずに煙《けむ》に巻くことのできる男がいるだろうか、いやいない。

「学園都市は王国のど真ん中とはいえ、魔物がいない訳じゃないだろう？　昔に比べて魔物が減っているとは言われているけど、だからって安全だとは限らない。減った反動で突然、数が急増することもあるんじゃないかなぁって思って。だから異変がないか見回りがしたいんだ。だって、僕には絶対に守らなければならない人がいるから……」

慎重に言葉を選んでそう言って、ちらっとアンヌを見る。よし、嘘は言っていない。

「リュー様……分かりましたわ。ワタクシとマクシムもご一緒致しますわ！」

あれ、どうしてこうなった？

「これも修業の一環ですわよね？」

お、おう……。

「ではワタクシがマクシムを呼びに行って参りますわ」

すぐさま行動に移ろうとするアンヌを慌てて止める。

「いやちょっと待って。貴族子女が出掛ける時間じゃないよ」

「あら？　リュー様は隠れてこっそり出掛けようとされていたのに、ワタクシはダメだと仰るのですか？」

うっ、それを言われると……。

どうだ言い返せないだろうという表情で、僕を見上げるアンヌ。今夜はもう諦めるしかないな。学園都市周辺の見回りは明るい時間帯にしよう。

「分かったよアンヌ、僕の降参だ。もう大人しく寝るよ」

「素直でよろしいですわ。ただ……とても残念なのですが、ワタクシはリュー様のお言葉を信じることができません。ですので、朝まで見張らせていただきます」

そう言って、アンヌは僕の右腕をがしっと掴んだ。どういうことだ？

「さぁリュー様、ベッドへと参りましょう」

何だって!?

驚いたのも束の間、不意に背後からアンジェルが現れる。

「それには及びません、アンヌ様。リュー坊ちゃまのメイドとして、私が責任を持って朝まで監視致します」

「リュー様が出ていこうとするのを止めなかったクセに何を言っているのですかこの駄《だ》メイドは！」

何かバトルが始まった。右腕をアンヌが、左腕をアンジェルがぐいぐいと引っ張って、僕を取り合っているかのような状態。いや本当にどうしてこうなった……。

こういう時にこそ転移魔法があれば抜け出せるんだけどなぁ、と半ば現実逃避的なことを考えていると、アンヌとアンジェルが僕の顔を覗き込んできた。

「リュー様はワタクシと寝たいですわよね⁉」

「リュー坊ちゃまは私と寝たいですよね？」

いや、一人で寝かせてくださいお願いします……。

何とか引っ張りだこから抜け出して一人でベッドへ戻ったものの、魔族襲撃の件がどうしても気になってなかなか寝れなかった。

それでも朝の稽古を休む訳にはいかない。

稽古の合間、一緒に寝られなかったからか微かに不機嫌そうなアンジェルに、昨日考えていた件を聞いてみた。

「遠く離れた場所へと瞬時に移動する魔法ですか？　心当たりはありませんね」

しかし魔法を得意とするアンジェルでも知らないらしい。そういえばドラゴンは飛べるんだもんね。そもそも移動手段として魔法を使うという発想がなかったのかもしれない。

大精霊であるリュエとシャンにも聞いてみたが、

『ないわよ』

『ないね～』

と断言する。

ならば、学園都市へ襲撃してくる魔族はどこから湧く予定なのか。

ゲームのように、何もないところからポップする訳でもないだろう。何らかの手段によって魔王領から移動してくることは間違いない。

いや、僕が光魔法を応用して光学迷彩を編み出したように、新たに転移魔法を開発する可能性は捨てきれない、か？　だがこればかりは推測のしようがない。

そして気になるのは、魔族がマリー様を亡き者にする理由だ。

僕が思うに、この襲撃は単に学園都市を壊すことが目的ではない。

魔族は、いずれ勇者などの強大な戦力を輩出《はいしゅつ》する可能性のある機関として、特にスタニスラス学園を狙ったのではないだろうか。

というのも実はマリー様は、スタニスラス学園の学園長を務めているのだ。

だから襲撃の際、魔族は街全体への攻撃だけでなく、最高責任者たるマリー様も同時に排除したと思われる。

その後に、他の街から駆けつけた王国軍の増援によって殲滅《せんめつ》されたと考えるのが自然だ。確か、学園の生徒達もそれなりに活躍したらしいというセリフを、ゲームの中でも聞いたような気がする。どのような理由であるかは今分からなくてもいい。一番の問題は、魔族が一体どうやって攻めてくるのかだ。

陸路で来るのか、空路で来るのか。それとも既に潜伏しているのか。

全ての可能性を考慮しなければならない。

何にしても、学園都市周辺の見回りが必要だ。


学園都市の周辺を見回る口実は、アンヌの言った通り修業の一環であるということにした。

メンバーはアンヌ、マクシム、付き添いとしてアンジェルとフィルマン。僕を合わせて五人だ。

結局ここ最近のいつものメンバーになった。アル兄とベル兄は学園に通っているから、朝のこの時間帯にはいない。

シル伯父様には、さすがに夜に学園都市の外へ出るのはダメだと止められたが、日が出ている時間帯だけならと許可をもらった。これでアンヌと一緒でも、街の外へ出ることができるようになった。

「自警団っスね！　カッケー！」

朝の稽古が終わってからマクシムに見回りのことを告げると、やる気満々で嬉しそうにしていた。

こいつはいつになったら下っ端感がなくなるんだろうか。

お前、勇者に選ばれてからもその口調だったら、さすがに距離を置くからね？

勇者に兄貴と呼ばれる脇役。何かもう慣れてきちゃったけどやっぱりおかしいよ……。

何だか、本当にマクシムが勇者に選ばれるのか不安になってきた。

『ケイオスワールド』のストーリーで、勇者に選ばれたマクシムには王族に準ずる婚約者が用意される。これは先代勇者が王家の姫君を娶《めと》ったことに由来していて、無事に魔王を倒して帰還した暁《あかつき》には成婚となるはずなんだけど……。

王女殿下だったお方は既に他家へ嫁《とつ》いでおられるし、そもそもマクシムとは親子ほど年齢が離れている。そして僕の一番上の伯父、王太子の家には姫がいない。

そこで白羽の矢が立つのが、国王陛下の次男であるトルアゲデス公爵、そのご令嬢。

つまり、アンヌなんだよなぁ。

シナリオでは、魔族の襲撃事件で母親を亡くしたアンヌは心を痛めている。祖父である国王に決められた婚約者のマクシムとも、いがみ合うことしかできないまま物語が進んでいく。

マクシムとは相容《あいい》れない悪役令嬢として登場するアンヌ。

彼女は時折誰かを想うような、影を纏った表情を浮かべていた。僕はその寂しげな表情に惹《ひ》かれ、何とかして幸せになってもらいたいと思ってゲームをプレイしていたんだ。

ネットでいくら探しても攻略情報が載っていなかったこのゲームで、何とかしてアンヌと勇者との幸せなエンディングが見られないものだろうかと、僕は試行錯誤を重ねた。しかし、何度やってもアンヌは幸せになることができず、悲惨な最期を迎えてしまう……。

もうそんなエンディングは見たくない。

マリー様の命を守ることは、アンヌの未来を守ることにもなるかもしれないのだ。

まず、魔族による学園都市襲撃を撃退する。そしてマリー様の死と、ストーリーの裏で僕こと
リュドヴィックが死ぬという展開も回避してやる。

その上で、マクシムが魔王を倒して凱旋《がいせん》する日をアンヌと共に待とうじゃないか。何なら僕もマ
クシムのパーティーに加わってもいい。

だけどアンヌは連れていかない、絶対にそんな危険なことはさせない！


昼食を済ませた僕達は今、学園都市から少し離れた森の中にいた。

魔物が増えていないか、この森で見たことのない種類の個体がいないかを確認しに来たんだけれ
ど、特に異常はなさそうだ。マクシムやアンヌでも瞬殺できるようなゴブリンしかいなかった。

森の中を見回った限り、魔法陣みたいなものも確認できなかった。

「リュー様、ここのところずっと考え事をされているようですわね。何かお困りですか？」

アンヌに心配を掛けてしまった。側仕えとしてはあってはならないことだ、申し訳ない。

「いやね、もしも学園都市に魔族が襲撃を仕掛けるとしたら、どういう手段でこんな王国のど真ん
中まで来るのかなと思って」

もしも魔族が攻めてきたら、というお題のもとでのシミュレーションだ。

万が一に備え、攻めてくる敵対勢力を想定し、現実的な手段で撃退する方法を考えておけば、いざという時対処しやすくなる。

そのような話を噛み砕いてアンヌとマクシムに伝えると、二人は目を輝かせた。

「さすが兄貴だぜ！」

「さすがリュー様ですわっ！」

おや、二人とも気が合うみたいだね。いいことだ、うんうん。

「しかしリューお坊ちゃま、私も長く王家との関わりがございますが、魔族が突然王国の領土の内側に出現するなどという話は、聞いたことがございませぬ。この学園都市に来るのであれば、国境から他領をじわじわと侵略して進んでくるのではないでしょうか？」

フィルマンからすれば、僕の話は想定するにも値《あたい》しないような突飛な発想なのかもしれない。

「じゃあ例えば、魔族が僕達人族に化けて、少しずつ学園都市に潜り込んで準備を進めているとか、空飛ぶ魔物に乗って空から急襲してくるとか、その線ではどうかな？」

この世界の魔族は非常に分かりやすい見た目で、日本人の感覚でいうところの鬼のような立派な角《つの》を生やしている。そのままの見た目では目立つだろうけど、何らかの魔法で人族に化けているという可能性はあるのではないだろうか。

また魔族には魔物を統率する能力もあって、三百年前の戦争の際も最前線に魔物を配置していたという。空を飛ぶ魔物を使役することは十分考えられる。

「どうでしょうな……」

フィルマンはあまり納得していないようだった。

『魔族に付いたドラゴン種の一族がいるとか？』

念話でアンジェルに問いかける。

『そのような話は聞いたことがありませんが、可能性は否定しきれません』

顔には出さなかったが、少しだけ考える時間を取った後、彼女はそう回答を出した。

ドラゴンに悪い奴がいる訳がありません、と断言しない誠実さと現実的な判断力。実にアンジェルらしい答え方だと思う。

一応精霊組にも確認をしておくか。

『他の大精霊が魔族に加担《かたん》しているとか……』

『ありえないわっ！』

『リュエがこう言っているの』

リュエは絶対にないと断言した。返事がちょっと食い気味だったのと、シャンの言葉は答えになっていないのが気になるけれど。ひとまず精霊はみんな人族の味方だと考えていいのだろうか。

それとも魔族と特別仲が悪いとかかな。

僕がそんな念話をしている最中も、アンヌとマクシムは魔法や剣を使ってバサバサとゴブリンを葬《ほうむ》り去《さ》っている。

二人とも、もうゴブリン相手では修業にすらならないレベルだ。逞《たくま》しくなったなあ。

お、アンヌが初見のキラービーを水魔法で撃ち抜いた。やはりアンヌは水魔法との相性が特にいいみたいだ。

「そういえばリュー様。最近砂漠の辺りで、昨日まで何もなかった場所に突然山が出現したり、遠い国でしか見られない、オーロラといわれる現象が見られたりするそうですわ。これはもしかすると、リュー様が危惧なさる魔族の侵攻の兆候なのではありませんか？」

ははは、そんな噂があるなんて僕も驚きだなー。でも何となく魔族の仕業じゃないような気がするなー。あくまで何となくだけどねー。

『だから言いましたのに、やり過ぎに注意なさいって。いくら周りに人がいないとは言っても、どこかしら影響を与えるものなのですよ！』

リュエに怒られた。はい、ごめんなさい。

『さすがにあれは、あたしでもダメだと思ったの』

はい、シャンの言う通り山は戻しておくべきでした。アンヌに気付かれないうちにと、後片付けせずに急いで帰ったせいです。

山もオーロラも僕が原因だ。

何日か前、前世で実際にこの目で見ることが叶わなかったからと、土魔法で富士山を、光魔法でオーロラを再現したのだ。

これはもう修業ではなく単なるお遊びの範疇《はんちゅう》。さすがに自重するべきだったかなぁ……。

『それに加えまして、魔法障壁《マジックシールド》を翼にして滑空《かっくう》するのも危険でございます。飛んでいる間は問題ないにしても、着地がどうしても不安定で見ていられません。どうかおやめくださいませ』

アンジェルがついでのように苦情を入れてきた。

シャンの土魔法で地面を勢いよくせり上げると同時に、身体強化魔法《フィジカルブースト》を掛けた両足で地面を蹴ることで空高く飛び上がる。これは三年前の初実験でもやってみたことだけど、これを色々工夫してみた結果が滑空だ。

そして両手を広げて、ウイングスーツを着ているようなイメージで手足の間に魔法障壁《マジックシールド》を展開すると、空を滑空することができる。とっても楽しい。

しかしアンジェルからしてみれば、何故わざわざそんな危険なことをするのか、ドラゴンである自分の背中に乗った方が良いと言いたいのだろう。

分かってないなぁ、自分だけの力で空を飛ぶからいいんじゃないか。

実際はウイングスーツもどきでカッコ良く落ちているだけなんだけどね。風魔法を使っても自分の身体を宙に浮かせるだけの出力が出せないから仕方ないじゃないか。

『そんなに一人で空を飛びたいのなら、風の精霊と契約すれば良いじゃありませんか』

あ、いるんですね、風にも精霊が。

どこかで会う機会があれば是非お願いしたいね。空を自由に飛びたいと言うだけで、ポンと精霊が出てきてくれるなら便利でいいんだけどね。そんな上手い話があるとは思えないや。

もうすぐ起こるであろう魔族の学園都市襲撃。これを何とか防ぐことができれば、その時は風の精霊に会いに行ってもいいかもしれないな。主《あるじ》のアンヌをどうするかというのは問題だけど。どうしよう。砂漠の迷宮に行く時に使った、主《あるじ》の見えないところで修業云々《うんぬん》という言い訳で何とかならないかな。

……少し考えが逸れてしまった。今はとにかく運命《シナリオ》に抗《あらが》い、みんなが幸せな状態でエンディングを迎えられるよう、まず襲撃からみんなを守ることが一番大事だ。

僕はそのために、このケイオスワールドの世界へ転生してきたのだと思っている。それが僕に与えられた使命なんだ。

アンヌの屈託《くったく》のない笑顔を絶対に守ってみせる。

下っ端臭のするマクシムに嫁がせるのは正直嫌だけど、この際マクシムも性根から叩き直して、アンヌに相応しい勇者へと育て直そうじゃないか。嫌だけど。

嫌だなぁ、マクシムがアンヌの相手か……。

おっと、また考えが逸れてしまった。よし、森の状況も特に変化がないようだし、今日のところは公爵城へ帰ることにしよう。

その後も数日掛けて学園都市周辺の森や草原、砂漠の方まで見て回ったけれど、特に不審《ふしん》な点は見つけられなかった。

運命《シナリオ》通りにこの世界が展開していくのであれば、そう遠くない未来に公爵夫人であるマリー様が、魔族の手によって殺されてしまう……。

できれば事前に阻止したいのだけど、魔族襲撃の手掛かりが掴めないので焦りばかりが募《つの》っていく。

これはダメな傾向だ。魔族の手掛かりを探しているということは、自ら魔族がいるかもしれない危険な場所へ突っ込んでいくのと同じ。アンヌもマクシムもいるのだ、少しの油断が取り返しの付かない結果を招きかねない。

朝の稽古の後、アンヌとマクシムが僕のところに来た。

「今日も見回りに参りますか？」

「いや、今日はゆっくりしよう。たまには息抜きしないとね」

「そうですわね、それでしたらお茶でもいただきましょうか」

アンヌはそう言うと、嬉しそうな顔で腕を組んできた。毎日出掛けては魔物を倒すだけだったし、さすがにアンヌも飽きていたのかな。

「今日はどんなおやつっスかねぇ、楽しみっス」

マクシムも嬉しそうで結構。あとはアンヌと言い合いをしなければなお良し。お茶は優雅に楽しむものだ。

これも貴族の嗜《たしな》み。マクシムもいずれは王家の一員として迎えられるだろうからと、少しずつマナーを教えているが、気品までは教えきれていない。

公爵城の庭を見渡せるテラスへ到着すると、アル兄が女性二人を連れてきたところと鉢合わせした。

「あら、アンヌ様、お邪魔しておりますわ」

「御機嫌《ごきげん》よう、アンヌ様。アルフレッド、そちらの男の子お二人を紹介してくださる？」

アル兄と同い年くらい。親しげに話しているから、アル兄の学園でのご学友だろう。アンヌのことは知っているようだけど、僕は初めてお会いする。

「ああ、こっちは末の弟のリュドヴィックだ。今年学園の受験を受ける歳だから、来年には我らの後輩となっていると思う。隣の者はマクシム・ブラーバル。リュドヴィックの親友というか何というか……。同じく十一歳で、こいつも恐らく我らの後輩になるだろう」

最近は少し大人っぽい口調になった、アル兄に促される。

「初めまして、リュドヴィックと申します。以後、お見知りおきを」

「ちーっす」

マクシムの頭を無言でペシンと叩く。

「痛いよ兄貴！」

いくら僕や兄達、アンヌと気安い仲だとはいえ、初めてお会いする貴族子女相手にしていい態度ではない。やり直し。

「はぁ、分かったっスよ。マクシム・ブラーバルっス。リュー兄貴の弟分《おとうとぶん》っス」

『ス』がいらないよ、『ス』が。幸いアル兄のご学友達は咎めることもなく、ウフフとお上品に微笑んでいる。目くじらを立てるタイプの女性ではないようだ。

「仲がよろしいのですわね。私はグノー伯爵家三女、イレーヌと申します」

……はぁ!? ちょっと待って、イレーヌ!? え、この人がイレーヌ!?

特徴的な赤みがかった長い髪の毛……。のちに勇者パーティー攻撃の要《かなめ》となる、紅炎《こうえん》の魔女と讃《たた》えられる攻略対象ヒロインじゃないか。

「私はフィロ子爵家次女、リリアーヌです。リリーって呼んでね？」

こっちはリリーだって!? スタニスラス学園の生徒会長としてマクシムを導く予定《シナリオ》のキャラで、こっちも攻略対象のヒロインだ。

確かに左目の下にホクロがある。パーティーには加入せず、旅立つマクシムの無事を祈って涙するシーンを思い出す。

早い、いくらなんでも早過ぎる。

予定《シナリオ》ではマクシムとこの二人が出会うのは学園に入学してからのはず。プロローグからしばらく後に、各ヒロイン達と出会うイベントが発生するのだが、今はまだプロローグどころかゲーム自体始まってもいない時期だ。

え、何で？　予定《シナリオ》よりも早くマクシムが力を付けてきているから？　神の導きってヤツか？

いや、精霊とは会っているけど、神様とは面識《めんしき》がない。そんな、いるかいないかも分からない存在に振り回されている場合じゃないな。

とにかく出会ってしまったものは仕方ない。これからどうなるのか、物語が進み出してしまうのか、じっくりと観察した上で今後どうするか判断しよう。

「リュー、そんなにご令嬢達を見つめるものじゃないぞ」

アル兄に肘《ひじ》で小突かれる。いや、別に二人に見とれていた訳じゃないんだ、目を離すべきじゃないなって思っているだけで。

「立ち話もなんだ、一緒にお茶でもしながら話そうじゃないか」

アル兄がイレーヌさんとリリーさんに椅子を勧める。僕もアンヌに椅子を引いてあげたのだが、アンヌは僕の腕に抱きついたまま不機嫌そうに頬っぺたを膨らませている。

まぁまぁ、一緒にお茶するだけだから。

とにかくまず、現在の彼女達の状況を確認したい。

みんなが椅子に座った後、公爵家のメイドが飲み物とお茶請《う》けを用意してくれる。

ノマール子爵家専属のメイドもいるにはいるが役割分担をしていて、こういった来客の対応などは公爵家付きメイドのお仕事らしい。子爵家の人間に用意されている部屋の清掃や衣類の洗濯、貴族家間のやり取りについては、子爵家付きの執事やメイドが担当してくれた。

アンジェルはあくまで僕のお付きのメイドということになっているので、少し離れた壁際に立って待機している。

「それで？　アル様はともかくとして、リュー様が何故あなた方とご一緒せねばならないのです？」

同席を申し出たのはアル兄なのに、アンヌはイレーヌさんとリリーさんに突っかかっていた。

年上のご令嬢を前にして、負けていられないと血が騒ぐのだろうか？　この場の空気が固まる前に何とかせねば。

「アンヌ、そういう態度は良くないぞ。アンヌもいずれは学園に入学するだろう？　この方々は先輩にあたるんだ。ちゃんと敬意を払わないと」

そう諭《さと》しながら、ゲーム内でアンヌがこの二人と関わることはあっただろうかと考える。

あったとしても、決して仲の良い間柄《あいだがら》ではなかっただろうな。

でも今は、この世界こそが現実なのだ。僕がアンヌにきちんと向き合うことができれば、きっと良い子に育ってくれるはずなんだ。

「リュー様はこのお二人のことがお好きなんですの!?」

いやいやいや、九歳で既に恋愛脳になってる!?　思考が飛躍し過ぎだよ！　初対面でいきなり好きになる訳ないじゃないか。

いや、まあ一応、世の中には一目惚《ひとめぼ》れというヤツもあるのか。

前世では同年代の女の子との出会いやお付き合いもなかったから、ピンと来ないんだよね。

そもそも僕は愛や恋なんて言ってる場合ではない。アンヌを正統派ヒロインへ導くことが第一なのだから。そのためなら、最悪この身を犠牲にしても構わない覚悟でいる。

「確かにイレーヌさんもリリーさんも可愛いっていうか、綺麗っスもんね〜」

マクシム黙れ、話をややこしくするな！　しかもどっちもお前の嫁候補だよ、さらりと褒めてフラグ立ててんじゃないよ。

っていうか、お前の嫁はアンヌ一人で十分なんだよ、嫌だけど！

別ルートなんていらないんだからアンヌのことだけを考えていればいいんだよ!!　嫌だけど!!

あ〜〜〜、何でこんなにイライラするんだ!?

「あら、ありがとうねマクシム君。マクシム君も、アンヌ様とリュドヴィック様と一緒に鍛錬しているそうね、毎朝大変でしょう？」

心の中で頭を抱えている僕をよそに、イレーヌさんがマクシムに話を振る。アル兄から僕達の朝の稽古のことは聞いているようだ。

イレーヌさん自身、そう遠くない未来において、紅炎の魔女という二つ名で呼ばれるくらい優《すぐ》れた魔法の使い手になるのだ。今も既に、学園以外でも魔法の稽古をしているだろう。

同じように稽古に勤《いそ》しむ者として、僕達がどのような方法で魔法や武術を鍛えているのか、興味があるのかもしれない。

「もう何年も日課として続けてるっスからね、今はやらない方が気持ち悪いって感じっスね」

ニコニコと屈託のない笑顔で返事をするマクシム。少年らしいが口調からは相変わらず『ス』が抜けない。

貴族子女相手に気負《きお》いなく自然に話ができるのは良いことだとは思うけれど、やはり必要最低限の礼節は弁えてほしい。

悪役令嬢といい下っ端キャラといい、どちらも早いうちに何とかしないと……。

「実はな、リュー。イレーヌとリリーが朝の稽古に参加したいって言っているんだ。シル伯父様の許可を取らないといけないのはもちろんなんだけど、その前にリュー達が構わないかどうか確認しようと思ってな」

「お断りですわ！」

すかさずアンヌからの拒否が飛び出す。

いや、僕もできるなら関係がややこしくなる前にお断りしておこうかなと思ったけどさ、そんな露骨に言わなくても。

せめてもっと貴族らしく、遠回しにやんわりとお断りするような言い方をするとかさ。

アンヌは隣に座っている僕に抱きつきながら続ける。アンヌ、これじゃまるで人見知りだよ。

「み、未婚の貴族子女が朝からよそのお庭でお稽古なんて、ダメっ！　絶対にダメですわ!!」

この子は一体何を言っているんだろうか。よそのお庭でお稽古ってワードも訳が分かんないよ。

「あらあら、アンヌ様、別にリュドヴィック様を盗《と》ろうだなんて思っていませんわよ？」

「そうですよ、アンヌ様とご一緒に教えてもらおうと思っているだけです」

イレーヌさんとリリーさんが微笑みながらアンヌに語りかけている。まるで可愛い妹に接しているみたいな表情だ。

ただ、何か違和感があるんだよな……。

「アンヌ、俺達が学園に行くまでのちょっとの時間だ。ダメか？　学園は生徒が多いから、アンジェルやフィルマンのように付きっきりで教えてくれる教師が少ないんだ。この二人は将来国防に関わる仕事がしたいと言っていてな、立派な女性だよ」

アル兄が間に入る。なるほど、教えると言っても僕が何かする訳ではなく、いつも僕達がやっているように、アンジェルやフィルマンに相手をしてもらうつもりのようだ。

ゲームのヒロインとしてのイレーヌもリリーも、貴族令嬢としてお淑《しと》やかでありながらも国や仲間を想う情熱を持つ、魅力ある女性だ。

そんなご令嬢達と毎朝顔を合わせ、刺激を受けることで、アンヌも彼女達から淑女のあるべき姿というものを学ぶかもしれない。

上手くいけば、僕一人で何とかしようとするよりも、もっと立派なレディになる可能性もある。

これはアンヌにとって、良い機会になるんじゃないだろうか。

「ぅぅぅ、リュー様はお嫌ではございませんの？」

身体に抱きついたまま、僕の顔を見上げるアンヌ。言い返せないけど嫌なものは嫌ですの！　とはっきりその顔に書いてある。

でももう決めたんだ。アンヌのために、イレーヌさんとリリーさんに協力してもらってね。

「嫌ではないよ、一緒に稽古する仲間が増えるだけじゃな痛い痛い痛い！」

脇腹をつねるな！　そういうことをするから心配なんだ。この二人の良いところを吸収してほしい。アンヌもいつまでも子供のままではいられないんだからね？

「ふふふっ、アンヌ様。公爵家主催のパーティーでお会いした時とは、随分ご様子が違うようですわね」

イレーヌさんがそんなアンヌを茶化してきた。

なるほど、アンヌはこの二人とパーティーで会っているのか。

この国では、社交界デビューのタイミングは十二歳頃という基準があるようで、公爵城で行われるパーティーであっても僕はお呼ばれしたことがない。

しかしアンヌは主催者《ホスト》の娘であるということ、会場がこの公爵城だということ、そして何よりアンヌが公爵夫妻の一人娘であるということから、幼いうちから毎回出席していた。

その際いつも「側仕えであるリュー様がお出にならないのに、何故ワタクシ一人で……」とぼやいてシル伯父様を困らせていたっけ。

「イレーヌ様、そんなことごじゃいませんわ！」

あ、噛んだ。アンヌの顔がみるみる赤くなっていく。

「イレーヌったら。こちらからお願いしてるんだから、可愛い乙女心を突っつくようなことしないの。……私もイレーヌも、すぐにお返事がいただけるとは思っていません。でも、お稽古の仲間に入れてくれたら嬉しいな」

そう言ってリリーさんがまた微笑む姿を見て、僕はさっきから抱いていた違和感の正体に気付いた。

そうか、ゲーム内と口調が違うんだ。

リリーはこんなフレンドリーなキャラじゃない。どちらかというと深窓《しんそう》の令嬢タイプというか、儚《はかな》げで他者を寄せつけないような、危うい美しさのあるヒロインだったはずだ。

片やイレーヌは、どちらかというと勝気で、男であろうが相手に物怖《ものお》じしない性格のヒロイン。こちらは今目の前にいるイレーヌさんと同じ性格のように感じる。

スタニスラス学園の生徒は、貴族であろうが平民であろうが、身分差なく平等に接するという校風だ。そのため伯爵の娘《イレーヌ》と子爵の娘《リリー》が仲良くしているのは、別段おかしいことではない。

でも今のリリーは明らかにゲームのキャラと乖離《かいり》があるし、そもそもリリーとイレーヌがこんなにも仲良くしているシーンもなかった気がする。

もしかして、これからゲーム本編が始まるまでの間に、リリーさんの身に何かが起こるんじゃないだろうか？　アンヌと同じく、性格が変わってしまうような何か、事故や事件。

可能性として考えられるのはやはり、もうすぐ来ると予想される魔族の襲撃だ。そのことがきっかけで、彼女の身の周りに何か重大な変化が起こるのではないだろうか。

いや、ちょっと待てよ。彼女は何と自己紹介した……？　「フィロ子爵家次女、リリアーヌです」だって⁉

ゲームではリリーは子爵の妹だったはずだ。しかしリリーさんは、子爵の次女だと名乗った。

つまり今現在、子爵家の当主には彼女の兄上ではなくお父上が就《つ》いていて、まだご健在だということだ。しかしそれが何らかの出来事によって、亡くなってしまう運命《シナリオ》ということではないだろうか。

その原因がもしかしたら、魔族の襲撃なのかもしれない。点と点が線で繋がりそうだ。

アンヌを何とか説得し、リリーさんとお近付きになって詳しく探ってみる必要がある。

どんな些細《ささい》なことであっても、魔族襲撃の情報を掴むきっかけになるかもしれな痛い痛い痛い！

「リュー様、お二人のお顔を見つめ過ぎですわ！」

反対するアンヌを何とかなだめすかして、イレーヌさんとリリーさんには僕達の朝の稽古に加わってもらうことにした。

とはいえ指導するのはあくまでアンジェルとフィルマンだ。僕とアンヌ、そしてマクシムが二人に何かを教えるということはない。

「まずはご自分の魔力を全身に巡らせるようイメージしてください。これは基礎稽古ではありますが、基礎こそが一番大事です。毎日この鍛錬を怠らないよう続けていきましょう。基礎ができていなければ、応用などできません。当たり前のことこそが重要なのです」

「分かりましたわ」

「分かりました」

イレーヌさんとリリーさんは魔法の基礎稽古、自身の魔力を全身へと巡らせる鍛錬の方法をアンジェルから教えてもらっていた。公爵城内の中庭で、座禅を組むような格好で座り、意識を集中している。

そこに僕と、いつもはギリギリまで寝ていて遅刻してくるアル兄とベル兄も加わっている。イレーヌさん達がいるからか、珍しく最初から稽古に参加してきた。

アンヌとマクシムは二人掛かりでフィルマンを相手に、素手で行う組み手の最中である。稽古に新しいメンバーが加わって、アンヌのご機嫌はやっぱり斜めだ。マクシムと連携してフィルマンを攻撃すべき訓練なのに、敵味方関係なく二人に攻撃しまくっている。

「リュー様はお二人のような女性が好みなのですか……」

表情険しく、ぶつぶつと何か言いながらマクシムを蹴飛ばしているが、とりあえず今は魔力の鍛錬に集中しよう。頑張れマクシム。

稽古のかたわら、僕はリュエとシャンと念話で作戦会議をする。

議題は、いかにしてアンヌの監視をかいくぐって学園都市の見回りをするかだ。

『いくら外から見えなくなっていても、アンヌちゃんにだけは見つかってしまいますのよねぇ』

『見えなくても魔力で捕捉されるっていうのは分かるけどさ、じゃあ何でアンヌは魔力の塊と言ってもいいリュエとシャンのことは見つけられないんだ？』

『愛ゆえになの』

シャン、それ答えになってない。

『光も大地も、常に人間の身の回りにあるものですからね』

そばにあって当たり前のものだから、逆にどこにいるかを改めて感じることは難しい、と言いたいのだろうか？　空気があることを日々の生活では意識しないとか、そういう感覚に近いかもしれない。

まぁ精霊は特別だ、ということだと思っておこう。

それと以前、かくれんぼという体裁《ていさい》で、僕だけでなくマクシムとアンジェルがどこに隠れているかも捜し出してもらおうとしたのだけど、アンヌは僕の居場所しか見つけられなかった。

つまり、アンヌの異様に高い魔力探知能力は、僕特化型なのだ。

確かにアンヌは、僕のことを他の誰よりも大事に思ってくれていると思う。

アンヌとは三歳の時から一緒で、最初の出会いも劇的なものだった。そして僕とアンヌはいとこで歳も近い。

性格とは関係なく、公爵家令嬢という立場にいると年齢が近くて気の許せる、友達のような存在はなかなか作れない。

そんな環境の中で、アンヌは側仕えの僕に特別気を許してくれている。

そこに親愛の情があるのはよく理解しているが、僕の魔力を捕捉できる説明にはいまいちなっていないと思う。

あ、でもそうか。僕も相手の魔力を捕捉できるようになれば、何かの役に立つかもしれない。

『リュエ、シャン。二人は魔力を持つ存在がどこにいるかとかある程度分かったりする？』

『もちろん分かりますわ。砂漠の迷宮にいた時も、リュー君達の魔力が近付いてくるのが分かったから、様子を見に行ったんですもの』

『でも個人まで特定するのは難しいの。種族別に魔力の波形が違うから、人族とドラゴン種が近付いてきているということくらいしか分からないの』

ん？　シャンの言うように、種族別に魔力波形《パターン》が判別できるのなら、人族とのパターンの違いで、この学園都市に魔族の伏兵《ふくへい》がいるかどうかも分かるんじゃないだろうか。

『種族別ってことはつまり、僕のパターンとアンジェルのパターンは今の格好でも違うってこと？』

『それはそうですわ。初めて会った日に言ったはずですわよ？　ファフニールの娘と。人化していようが魔力パターンは変わりませんもの』

種族別に魔力の波形が違うとか、そんな裏設定があるなんて思いもよらなかったな。

魔力を自分の身に纏わせることはあっても、人の魔力を探ろうとしたことはなかったから気付かなかった。

『ってことはさ、もしも魔族が人に化けてこの学園都市にいるとしたら、リュエの魔力探知で見つけ出せるよね』

んー、と少し考えつつも、できると答えてくれた。

『でも、迷宮みたいに人が少ないならある程度分かるけれど、これだけの人数が暮らしている街中ではよほど対象に近付かないと難しいと思いますわ』

『なるほど。なら、近付けばある程度は分かるってことだね』

それくらいなら問題ない。これでやっと、学園都市防衛のための具体的な行動指針が固まった。


兄達が学園へと向かった後、アンヌとマクシムとアンジェル、そして不可視状態の精霊二柱《ふたはしら》を連れて学園都市を巡回することにした。

僕はアンヌの側仕えなので、一人で外出することは難しい。

シル伯父様とマリー様は、側仕えという僕の立場にあまりこだわりはなさそうだけど、だからと言って好き勝手にするのはダメだと自制している。お父様が士爵位から子爵位に陞爵されたのも、僕がアンヌの側仕えになることがきっかけだった訳だし。

側仕えという立場があるからこそ、アンヌの良くない態度や癖のある性格を指摘できるという側面もある。

「最近は兄貴の評判があるから、街で一番強いのは俺だー、とか言う馬鹿はいなくなったっスね～」

アンヌとマクシムには今回の街を巡回する名目として、街中に異変がないか確かめるためだと伝えてある。

けれど、マクシムは脳内で、調子に乗っている奴を懲《こ》らしめるためだと置き換えているらしい。

実際、以前その名目で出掛けたことがあったし、あえて訂正する必要もないか。マクシムの言う僕の評判とやらは、僕自身聞いたことがないからよく分からない。

魔族が潜伏していないかどうか見回る、と正直に伝えてしまうと、変に張りきった二人がトラブルを起こしかねない。ただの名目なので何でもいいやと思ったんだけどね。

「リュー様に敵う者などおりはしませんわ」

アンヌとマクシムは、たまにいがみ合うものの、最近は昔よりマシな関係になったと思う。このまま良い関係になってくれたらいいなと願いつつ、念話でリュエ達へと話しかける。

『さっきの話だけどさ、僕でも魔力探知はできるのかな？』

『できることはできるでしょうね。けれど、今誰かに魔力で探されているな、と相手に気取《けど》られる可能性がありますわ』

何となく視線を感じて、そちらを振り向くことがあるようなものか。人族より魔法に長《た》けている魔族であれば、余計に察知されやすいかもしれない。

『じゃあリュエの魔力探知で魔族を見つけても、向こうには気付かれるってことだよね』

『いいえ、私の魔力パターンはいわば光そのもの。光があるところであれば、分かりようがないですわ』

そういうことらしい。リュエには魔族の魔力パターンが引っかからないか、探知を続けてもらうよう頼んだ。

ちなみに魔力探知の方法は、自分を中心として円形に魔力を薄く伸ばしていき、波紋《はもん》のように範囲を広げていくイメージだという。

僕も試しに歩きながらやってみると、前を歩くアンヌが僕の方を振り返った。

「リュー様、今何か魔法を使われましたか？」

「いや……？」

そうですの、とまた前を向いて歩き出すアンヌ。常に僕の魔力を捕捉しているらしい。

誰に教わった訳でもなく、アンヌは魔力探知をモノにしている。末恐ろしい子だ……。

『じゃあさ、逆に魔力を消すこともできるんじゃないか？』

『多分できますわね』

魔力が身体の外へ漏《も》れ出さないように、身体の内側に閉じ込めるようイメージする。

するとすごい形相《ぎょうそう》でアンヌが振り返って、僕に抱きついてきた。慌てて魔力をいつもの状態へと戻す。

「リュー様？　今何をされましたの!?」

「いや何も……!?」

「ウソですわ、絶っ対に何かされました！　急にどこかへ行かれたのかと思いましたわ!!」

僕の腕に抱きついたまま離れなくなってしまった。

どうやら魔力を消すことには成功したけれど、急に消すと今みたいにアンヌに気付かれるみたいだ。使い方を考えないとな。

怖がらせちゃったのは悪かったけど歩きにくいな、と思いつつ街を回っていると、リュエが念話を飛ばしてきた。

『あら、近くに魔族らしき魔力パターンを確認しました。結構強い魔力の持ち主のようですわね、これは厄介かもしれません』

心配していた通りだ。これで人族に紛れて魔族がこの街に潜んでいることがハッキリした。そして、やはり魔族による学園都市襲撃は起こるのだと確信を得た。

アンヌの未来《シナリオ》を守る《変える》ため、どんな手を使っても絶対に、魔族による襲撃を未然に防がなくてはならない。

リュエの探知した場所を目指して歩いていくと、塀《へい》に囲まれた大きな建物に行き着いた。

「ここは貴族の屋敷かな」

この中から魔族の魔力パターンを感じると教えてくれたリュエへ、思わず口に出して尋ねると、アンヌがここはフィロ子爵邸だと教えてくれた。以前マリー様に連れられてお茶会に参加したことがあるそうな。

フィロ子爵邸、つまりリリーことリリアーヌ・ヴェルテュ＝フィロ子爵令嬢が住む屋敷だ。

先日リリーさんに初めて会った際、『ケイオスワールド』の本編では既に亡くなっていた彼女の父親が、今この世界ではまだご健在だと判明した。そしてリュエはそのフィロ子爵の屋敷の中から、魔族の魔力パターンを感じるという。

これは偶然の一致だとは思えない。

フィロ子爵邸でこれから何かが起ころうとしているのか、もしくはもう起こった後なのか……。事は一刻を争うかもしれない。どうにかして屋敷に潜入できないものか。

アンヌとマクシムがいるため、すぐに行動を起こすことはできず、僕はその場を離れた。しかし手掛かりが見つかった以上、少しでも早く状況を確認したい。遅くとも今夜には探りを入れたいところだ。

どうしようか。焦ってばかりではダメだと分かるけれど、魔族の情報が手に届くところまで来たと思うと、じっとしていられない。

「リュー様、少し歩くのが速いですわ」

腕を掴んだままのアンヌがそう訴えてきた。無意識に歩調が速くなってしまうほど、焦りが出てしまっている。

どうにも落ち着かない。少し身体を動かして、一旦他のことを考えた方がいいかもしれないな……。

そうだ、夜にはパタリと寝てしまうくらいアンヌを疲れさせればいいんだ。そうすれば、こっそり公爵城を抜け出しても気付かれないだろう。うん、そうしよう。

「アンヌ、マクシム、公爵城に帰って組み手をしようか。僕を倒せたら、一つだけ言うことを聞くよ」

その後公爵城の中庭にて一対二の組み手を行い、難なくアンヌをクタクタにすることができた。もう少しで一発当てられるのに！　という誘いを作ることで体力を限界まで絞り取《と》る作戦が、功を奏したようだ。マクシムも肩で息をしながら、トボトボと家へ帰っていった。

よし、これで準備は整った。あとはアンヌが寝るのを待つだけだ。

その夜、アンヌは夕食の後すぐに自室へと引き上げた。

今日習得したばかりの魔力探知で確認してみた限り、一ヶ所で動かずじっとしているようだ。恐らく、くたびれて寝ているのだろうと思う。

光学迷彩を使うことで、自分だけでなくアンジェルの身も隠すことに成功したので、深夜に二人で公爵城を抜け出す。もちろん魔力が身体の外に漏れないよう遮断した上でだ。

この状態だとお互いの身体が見えなくなるので、必然的にアンジェルと手を握り合うことになる。

アンジェルは何故か腕を組みたがった。さすがに歩きにくいからと断って、手を繋ぐ。

精霊達は普段から僕以外には見えない不可視状態なので問題なく、すんなりと目的地へ到着することができた。

フィロ子爵邸の警備は厳重《げんじゅう》だった。

学園都市は治安が良く、重大な犯罪など滅多に起こらない。そのため貴族の屋敷であっても夜間の警備は一人か二人程度のものなんだけど、フィロ子爵邸は不自然なほどに警備人数が多かった。

光の精霊であるリュエ曰《いわ》く、彼らは魔力パターン的にただの人間なので、恐らく何も知らず雇われているだけだろうとのこと。職務を忠実に果たしている真面目な人達なので、可能な限り危害を加えたくない。

すると大地の精霊、シャンがこんな提案をした。

『地面に埋めちゃえばいいの』

そしてあっという間に地面へと埋められる警備の人達。

いきなり足元の土がスッと下がり、狭くて暗い地面の下に閉じ込められるのだ。さながら井戸に放り込まれたかのような状態で、怖いに違いない。

僕ならパニックになり、救出される頃には爪《つめ》が剥《は》がれて髪も総白髪《そうしらが》になってしまうかもしれない。

ただ、リュエに閉じ込められている空間を明るく照らすようお願いしたので、若干はマシなはずだ。できるだけ早く用事を済ませて救出しますのでごめんなさい。

フィロ子爵邸の敷地内に入り、気配を窺う。

リュエが、魔族の魔力パターンは屋敷の二階から感じると教えてくれた。位置的には屋敷の主《あるじ》の部屋だ。つまりリリーさんのお父上である、フィロ子爵の部屋に魔族がいると予想される。

フィロ子爵が魔族に協力しているのか、それとも既に子爵は殺害されていて、魔族が化けているのか……何にせよあまりいい予感はしないが、考えていても仕方がない。乗り込むとしよう。

屋敷の出入口には当然ながら鍵《かぎ》が掛かっていた。リュエが身体を光の粒へと変換して、ドアの隙間から侵入し、内側から鍵を開けてくれた。

光魔法で身体を見えないようにしているとはいえ、音は隠せない。物音を立てないよう、慎重に行動しなければ。さすがに少し緊張してきたな。

『泥棒《どろぼう》のような真似をさせられるなんて、思いもしませんでしたわ！』

光の精霊がプンスカ怒っているが、今はフィロ子爵の部屋にいるであろう魔族の確認が最優先だ。

何も答えず屋敷の中へ入ると、リュエが頬を膨らませて拗ね始めた。

見た目は妖美《ようび》なレディなのに、こういうところはお茶目なんだよな。

『ごめんごめん。助かったよ、ありがとう』

『べっ、別にリュー君のためではないのですけれども！』

ツンデレかい。その言い方だと、じゃあ誰のために泥棒の真似事したんだよとツッコミを入れたくなるけど、今は先を急ごう。

リュエのおかげでいい感じに緊張が解《ほぐ》れたので、落ち着いて屋敷内を進んでいく。

リリーさんもこの屋敷で寝ているはずだ。起こさないようゆっくりと、静かに移動しないと。

目指すは二階、階段を上がって一番奥の大きな部屋。寝室ではなく恐らく執務室だな。

問題は、どうやって部屋に入るかだ。ドアをぶち破って押し入るか、それとも礼儀正しくノックして入室の了承を得るか。

素直にノックしてみようか。コンコンコンコン。

「誰だ!? こんな時間に何の用だ！」

ダンダンダン！　と足音を立てて近付いてくる気配。怒っているな。怒りっぽい性格なのか、単純に非常識な時間帯の訪問だから怒っているのか、判断材料がないので分からない。

しまったな。お父様やシル伯父様に、フィロ子爵がどんな方なのか、ここ最近で変わったことはなかったか、最低限聞き取り調査をしておくべきだった。

せめてもう少し早く、フィロ子爵が怪しいと気付いていれば！

とはいえもう遅い。ガチャ！　ドアが開かれた。

「ん!? 何だ、誰もいない……？」

ドアを開けた者の姿は、至って普通の人族の男性だった。服装や装飾品から、彼がフィロ子爵であるだろうことが窺える。

光学迷彩を使い、魔力も外に出ないよう身体に閉じ込めている状態なので、僕達がいることはバレないだろう。

子爵がドアを大きく開け、近くに誰もいないことを確認している間に部屋の中へ侵入する。部屋の隅に移動したところで、子爵がドアを閉めて部屋の中に戻ってきた。

『彼が魔族で間違いないですわ。彼以外に魔族の反応はありません』

リュエが確信を持ってそう伝えてくる。ということは、既に本物のフィロ子爵は亡くなっているのだろう。

目の前の男が指にはめている印章指輪《シグネットリング》、これが貴族家当主であるという証である。この指輪に彫《ほ》られている紋章は、さっき敷地内に入る時に見た、門柱や扉の刻印と同じだ。フィロ子爵家のもので間違いない。

フィロ子爵家が代々魔族の家系であるはずもない。つまりこの男が、本物のフィロ子爵を殺して指輪を奪い、何らかの手段でもってフィロ子爵の姿に化け、この学園都市で諜報《ちょうほう》活動を行っていたのだろう。

怒りは湧いてくるが、今この魔族を殺してしまっては意味がない。

こいつが魔族の襲撃を手引きしているのは間違いないはずだ。こいつから魔族襲撃に関する情報を聞き出さなくては。

とりあえず身体を拘束《こうそく》してしまおう。フィロ子爵に化けた魔族は、ノックをした者がいないことをかなり不審に思っているようで、室内の物陰をしきりに確認している。やるなら今だ。

ピカッ！　姿を現して、手から目が眩《くら》むほどの光量を発生させ、魔族の視界を奪う。

「な、何だ!?」

これで数秒間は無力化できるはずだ。用意していた金属の鎖《くさり》で素早く身体をグルグル巻きにし、きつく縛った後に猿ぐつわをかませる。

「ん～！　ん～～!!」

ついでに頭から布袋を被せ、首のところで縛る。いくら魔法に長《た》けていようが、周りの状況が分からない状態では使えないだろう。

あ、印章指輪は外して執務室の机に置いておこう。フィロ子爵は今夜、謎の失踪《しっそう》を遂《と》げることになるのだ。

しかし手間だな。これがゲームで、シナリオ進行に必須なイベントであれば、拉致《こんなこと》・尋問をせずとも敵が自らベラベラ喋ってくれそうだけどね。現実においては地味な作業が必要になる。

身体を拘束する魔法とかを編み出していれば、もう少し見栄えもいいんだろうけど、鎖と布袋って。

僕はファンタジー世界にあるまじき行為をしている気がする。

足を持って魔族の身体を引きずりながら執務室の窓を開けて、広いテラスへと出る。この広さなら、アンジェルがドラゴンになっても問題なさそうだ。

『アンジェル、人気《ひとけ》のない場所まで運んでくれるか？　ドラゴンの姿になってから、僕とこいつが乗った後に光学迷彩を掛け直すよ』

『承知致しました』

光学迷彩を切って姿を現す必要なかったかな。右手だけ光学迷彩を解除すれば、光らせることはできたかもしれない。

いや、僕自身そこまで光学迷彩というか、光魔法を使いこなしている訳ではないからぶっつけ本番でできたかどうかは自信がないな。

『あ、ちょっと待って！　ドラゴンに戻る時すごく光るよね？　変化する前に掛けておくよ。夜中に突然ものすごい光が出現したら、さすがに騒ぎになりそうだ』

ノマール士爵邸で初めて変化した時は日中で室内だったけど、今は夜だしここ屋外だし。アンジェルに光学迷彩を掛け、少し離れる。

『お待たせ致しました』

光学迷彩を解くと、そこにはワインレッドのドラゴンがいた。

拘束した魔族をアンジェルの尻尾に括《くく》りつける。これから行う尋問の下準備だ。正式な尋問の仕方は知らないけど、視界を奪われたまま空中へ連れ去られるなんて怖い思いをすれば、何でも話すんじゃない？　多分だけど。

アンジェルの背中に飛び乗り、フィロ子爵邸を後にする。

リリーさんにとっては突然の別れになってしまうけど、許してほしい。

君が父親だと思っていた人は偽物だったんだ。可能であれば、本物のフィロ子爵のご遺体がどこにあるのか聞き出すよ。


星空の下をアンジェルの背に乗り移動する。

月が出ていないのでいつもよりさらに暗いが、光魔法で暗視ができるので問題ない。

十分ほど飛び、人気《ひとけ》のない草原に降りる。ここなら何か起きても大抵のことは気付かれないだろう。

アンジェルの尻尾から魔族を拘束している鎖を外し、シャンの土魔法で地面に穴を開けてそこに埋める。

準備ができたので、先ほど警備の人達を埋めたような空間のある穴ではなく、地中にある金属も混ぜ込んでガチガチに固める。首だけを地面の外に出した状態だ。

あ、警備の人達、外に出してあげれば良かった……。できるだけ早く帰りますから、もうしばしお待ちを。

魔族の顔に被せていた布を取り払う。白目を剥いて気を失っている。魔族でも気絶するんだ、初めて知った。

魔法で手に水を集め、バシャッと顔に掛ける。気がついたようだ。

「何者だ!?　私がフィロ子爵と知っての狼藉《ろうぜき》か!?」

「もちろん知っているとも。フィロ子爵に化けた魔族よ」

再び光学迷彩で姿を隠し、できるだけ声を低くして話しかける。

子供だと侮《あなど》られないようにするためでもあるけど、可能な限りこちらの情報を与えないで魔族側の情報を引き出したい。人化したアンジェルも同じく姿を隠している。

「誰もいないのに声が聞こえるだと……⁉　いや待て、私が魔族だと？　私は本物のフィロ子爵である！」

「大人しく全て話すんだな。私にはお前の本来の姿が見えている」

「何⁉」

動揺を隠せない様子の魔族。よくよく考えれば何の根拠もない言いがかりとも取れるが、いきなり拉致《らち》されて混乱している上に、手足が動かせない状況では冷静な判断はできないだろう。

「諦めろ、そして公爵領内で何をしていたか素直に話すが良い。悪いようにはしない」

まぁ本当は魔族であるということしか分かっていないんだけどね。

本来の姿なんて分からないし、男なのか女なのかも分からない。そもそもどうやって角を隠したり、変身したりできているのかも不明だ。

「わ、私は本物のフィロ子爵である！　今すぐ拘束を解け‼」

強気な態度を示し続けることで相手を揺さぶろうとしているのかもしれないけど、あいにく僕達はこいつの魔力パターンが魔族のものだと把握している。言い逃れはさせない。

「そうか、穏やかに話し合いがしたかったのだが、致し方あるまい」

こういう時、どのような方法で情報を吐かせるのかを僕は知っている。

前世の長い入院生活では、暇を持て余すことも多かった。その時に見ていたドラマでは、某国の警察官がスパイに水責めで尋問《じんもん》をして、情報を引き出していた。

酷い方法だとは思うけれど、相手は人族の敵である魔族だ。この魔族に情けをかけて、その結果学園都市の誰かを死なせることになったら、後悔してもしきれないだろう。

みんなを守るためなら、僕は自らの手を汚すことも辞さない。

土魔法で彼の顔の周りに小さな壁を作り、四方を鼻の高さより少し上くらいの高さに囲む。

ほんと、こんな魔法の使い方はファンタジーじゃないなぁと思う。思うけど、今はどんな手を使っても情報を聞き出さなければならないのだ。

「何をする気だ⁉　何をしても私は魔族ではない、何も話すことはないぞ！」

僕は答えずに、魔法で水を集め、囲った壁の中に水を溜めていく。

魔族の顔の顎のすぐ下まで水を溜めた後、一度水を止めてやる。

「水責めを受けたことはあるか？」

「やめろ！　こんなことをしても何にもならゴホップハッガハッ‼」

話す気が見られなかったので、先ほどよりも勢い強めで顔に直接水を浴びせる。

必死に頭を振り回して何とか息継ぎをする魔族に、水は止めないまま、再度確認する。

「魔族であると認め、正直に話せ。お前が吐くまで続ける」

「認めるも何も私はガハッ、ブフォッ、ガハゲホッ！」

また水を止め、無言で待つ。かなりの量の泥水を飲み込んだようで、魔族は激しく咳《せ》き込《こ》み苦しんでいた。

仮にこの魔族の男が命を投げうってでも秘密を守るような、ある意味誇《ほこ》り高い男だったらどうしようと思えてきた。

「はぁ、はぁ、はぁ……分かった。私は魔族だ。密命を受けて、公爵領の学園都市で情報の収集をしていた」

良かった、素直に喋ってくれた。効果的な拷問《ごうもん》の方法とか知らないからね。

「率直に聞こう。学園都市襲撃はいつだ？」

「何故そのことを!?　もしや蛇《へび》が狩られたか!?」

蛇が使い魔としての蛇なのか、隠語なのか分からないが、外部とのやり取りの間で情報が漏れたと勘違いしたようだ。

僕は肯定も否定もせず、尋問を続ける。聞きたいことに対する返答を得られていない。

「もう一度聞く、襲撃はいつだ？」

わざと水をゆっくりと溜め、じわじわと顎から口元へと水位を上げていく。早く喋った方が身のためだ。

「ふん、そこまで把握しておるならば、隠しても意味はなかろう。新月の夜が明ける前に、グリフォンに乗った我らの同胞達《どうほう》が空から攻めてくるわ。少数精鋭《せいえい》の部隊だ、作戦は問題なく遂行されるだろう」

フハハハッ、と不敵に笑う魔族。

何故笑っている？　作戦とやらが遂行されるところを思い浮かべてか？

何かが引っかかる。何だろう、何かを見落としているのだろうか。心がざわめく。

「狙いは学園長の命と、学園都市の破壊か？」

「それも目的の一つではあった。しかし一番の目的は、将来勇者として立ち向かってくるであろう子供の拉致、もしくは排除である。何せ、非常に強い力を持った子供が見つかったからな」

将来勇者になる子供……マクシムのことか⁉　マクシムの存在は、既に魔族に知られているのか？

『ケイオスワールド』本編では、学園都市が魔族から襲撃を受けた際、マクシムがどこで何をしていたかの説明はなかった。どうにかして被害を受けずに済み、無事勇者として選ばれたのだろう。

だが今回は、僕というイレギュラーな脇役が運命《シナリオ》をかき乱している。無事でいてくれる確証はない。何とかしてマクシムを、そしてマリー様を守らねば。

アンヌの平穏な将来のためにも、アンヌの心に暗い影を落としてはならない。今のまま、星が煌《きら》めく夜空のようなキラキラとした心のままでいてほしい。

ん？　空を見渡す。雲一つない星空、月は……？　新月の日って、まさか。

『リュー坊ちゃま、今宵は新月です！』

僕が思い至るのと同時にアンジェルも気付き、念話で知らせてくれる。

引っかかっていたのはこれか！　つまり魔族の襲撃があるのは……。

「今日か！　今日これからなのか⁉」

「おやぁ？　姿は見えないままだが、随分と幼い声だな」

しまった、思わず取り乱してしまった。しかし、もうそんなことを気にしている場合ではない。

「フハハ、どのような手段で俺をここまで連れてきたのかさっぱり分からんが、手際《てぎわ》は見事だった。事が終わるまでここにいれば、生き残れるぞ？　どうだ、俺と一緒に魔王領へ来ぬか」

今はとにかく、どうすれば魔族の襲撃を阻止できるか――いや、阻止はもうこの段階では無理だろう。可能な限り被害を最小限にするにはどうすればいいのか考えないと！

「黙れ、魔族に靡《なび》く訳ないだろうが！　明け方か、時間がない！　どうすればいい⁉　クソッ‼」

今すぐ学園都市へと戻ったとして、明け方までのわずかな時間で何ができる？

シル伯父様を起こして事情を話し、駐留している王国軍に出動してもらう？　間に合うかどうか……。

こいつの首を刎《は》ねて魔族が潜伏しているという証拠にしたとしても、今のこの男の顔はフィロ子爵に成り代わったままだ。逆に僕の正気が疑われる。

時間がなさ過ぎて、有効な方法など何もないように思えてしまう。落ち着け、どうしたらいいか考えろ！

焦っている僕の声に楽しそうにしながら、魔族が呟く。

「貴様も勇者の素質があるのかもしれぬな。選ばれるのは貴様か、それともリュドヴィックか……」

ん？　今、僕の名前を口にしたか？　何故知っている……？

途端、魔族の身体が黒い霧のようなモノに包まれる。自分の名を言われたことで気が逸れてしまった。

霧を纏った男は、その身体を徐々に変えていく。魔族の姿に戻るつもりか！

だが……。

ブチブチブチッ！　という音と共に、角のついた姿に戻った男の、首だけが地面に転がった。

魔族の身体は、人族よりも二回りほど大きいようだった。

地中に固められている状態で元の大きさに戻ろうとしたために、身体が潰れてしまったのだ。失敗して死ぬというリスクは知りつつも、可能性に賭けたのかもしれない。

うわぁ……いや、変な感傷を抱いている場合じゃない！　早く学園都市に戻らねば。

名も知らぬ魔族の遺体はそのままに、再びドラゴンの姿に戻ったアンジェルの背中へ乗って飛び立つ。

見た目は魔族に戻っていたから、あの男の首を持っていけば、魔族がいた証拠にはできただろう。

だがもう今となっては犯人を暴くより、襲撃そのものを食い止めることの方が大事だ。

夜明けまであと数時間、僕ができることは何だろうか……!?

学園都市へ戻る間、僕は必死で思考を巡らせていた。

グリフォンに乗った魔族の集団が、明け方に襲撃してくることは分かった。

空を飛んでくるであろうことから、向かってくる方角はある程度距離があっても分かるはずだ。

奴らは地上から見つからないように、月明かりのない新月の今夜を選んだのだろうけれど、僕は光魔法を使って暗視することができる。

でも、襲撃への対処はどうすればいい……!? 何かいい方法はないだろうか。

そういえば結局、魔族の襲撃がいつなのかにばかり気を取られて、本物のフィロ子爵をどうしたのか確認できなかった。かなり低いものの、まだ生きている可能性だってあるんだ。

その点については、これから来る魔族達から聞き出せるかもしれないが……もっとあの男から情報を得るべきだった。

得られた数少ない情報の中であの男は、少数精鋭と言っていた。

それが本当なら、襲撃してくる魔族の人数はそう多くないはず。けれど、精鋭と呼ばれるだけの実力を持った魔族が複数来る、ということだ。

アンジェルにも手を貸してもらうとしても、僕達二人でどこまで戦えるだろう。

『アンジェルは魔族と戦ったことはある?』

『いえ、お恥ずかしい話ですが、魔族との実戦経験はございません。ですが、必ずやリュー坊ちゃまはお守り致します』

ありがとう、そう言ってくれるだけで心強いよ。

何せドラゴンだ。生物として最強の種族。

普段は僕専属のメイドのようなものだけど、彼女の正体はファフニール族の第一王女だもんな。王女が魔族と戦うような機会なんてないよね。

……今まで気にしなかったけど、アンジェルって今何歳なんだろうか。ドラゴンとはいえ、女性に年齢を聞くのはなと思って控えていたんだけど。

彼女の見た目は、至って普通の美少女メイドだ。

その見た目だけで考えると年齢はおよそ十代後半。ノマール士爵家へとやってきたのは僕が生まれた年だそうだから、当時八歳か九歳くらいからメイドをしていることになる。

だがそう考えると計算が合わない。

記憶を辿る限り、僕が生まれた当時からアンジェルは、既に今と変わらない容姿だったと思う。控えめながら膨らみもしっかりとあったし。

最近はさすがに一緒にお風呂に入っている訳ではないので、今現在どこまで成長したのかは分からないけど。

ドラゴンって長命なイメージだし、人化できるということは、ある程度見た目の年齢もいじれるような気がするんだけど……。

『リュー坊ちゃま、何か不穏《ふおん》なことをお考えではございませんか……？』

いいえ、とんでもないですよ。見た目だけでは物事は分からないってことを考えていただけで……。

――見た目だけでは分からない？　逆に言えば、見た目で騙《だま》すことができる!?

もしかしたら、イケるかもしれない！

『リュエ、ちょっと僕の考えを聞いてくれない？』

夜明け前。草原の向こうの地平線がうっすらとオレンジがかってきた頃に、奴らはやってきた。

グリフォンに乗った魔族の兵士が十数騎《き》ほど見える。

僕は光魔法で暗視・遠見が使えるから、一方的に奴らを見ることができる。距離的に向こうはまだ僕に気付いていないだろう。

そうだ、こっちに来い。お前達が目指している学園都市はここにある。さぁこっちだ。いらっしゃいませ、何名様ですか？

「お待たせ致しました。フィルマン様へお伝えして参りました」

アンジェルには、学園都市へと魔族が迫っていることをフィルマンに伝えてもらった。

あとはお父様からシル伯父様へ伝わり、うまくいけば王国軍も手配してくださるだろう。

万が一、僕がここで魔族の前に倒れたとしても、街の人々に被害が及ばないように。

そして、アンヌのためにもマリー様には生き延びてもらわないと……。

軍を動かすのは時間が掛かるだろう。少しでも時間が稼げるよう、何とかしてみようじゃないか。

「ありがとう。お客様のお越しだ、長旅でお疲れだろうから手厚く歓迎するとしようか」

僕がいる地点からあのグリフォンの群れまで、十キロほどだろうか。飛行速度はアンジェルよりもだいぶ遅いようだ。

あまり遠過ぎるタイミングで攻撃するのは避《さ》けたい。万が一進む方向を変えられ、僕の仕掛けに気付かれたらまずい。

じっと待ち、引きつけ、タイミングを窺う。

あと三キロ程度。まだ僕達に気付いた様子はない。

二キロ、疑うことなくこちらへと向かってきている。そうそう、そのままだ。

一キロ、速度が弱まり、グリフォン同士近付いて何か話しているように見える。僕の存在に気付いたか。

用心深い魔族だな。ちゃんと姿を見せているでしょう？　見た通りまだまだ子供ですよ？　何を疑っているというんですか？

空中でグリフォンにホバリングをさせながら、こちらの様子を窺っているようだ。ぼちぼち頃合いか。勘繰《かんぐ》られても困る。まっすぐこちらへお誘いしないと。

それではここらで歓迎のご挨拶をいっちょ。右手で作ったピストルの先に光を集中させ、ぶっ放す！

シュールルルル、ドッカァ～ン！

撃ち出したレーザーをグリフォンの群れの手前で炸裂《さくれつ》させ、大きな花火を夜明けの空に咲かせる。

魔族は精鋭でも、グリフォンはそれほど知能が高くないらしい。暴れ狂って背中の魔族を振り落とし、逃げ出すものが数頭見られる。

野良グリフォンになられても困るので、レーザーガンによる遠距離狙撃《ロングスナイプ》で撃墜しておく。

再び花火を打ち上げようと思ったところ、残りの十騎ほどが地面すれすれまで高度を下げ、こちらへ向かってきた。

距離およそ五百メートル。攻撃型魔法障壁《アサルトシールド》も飛ばしてみたが、全て相手の魔法障壁《マジックシールド》により阻まれた。

やはりそう上手くはいかないか。ダークトロールも防いでいたし、知能を持つ相手にはこの攻撃は無効化されると考えていいだろう。

低空で突っ込んでくるならばと、僕は敵の目前に土魔法で巨大な土壁を作り出す。

避《よ》けきれなかった何騎かが土壁に激突して落下した。

しかし他の魔族は水魔法で土壁を破り、開けられた穴から次々に飛び出して僕の方へ飛んでくる。

そのまま近距離での戦闘になるかと思ったが、意外にも魔族の一人がグリフォンから降りて、こちらへと歩み寄ってきた。声の届く距離になったところで止まり、叫ぶ。

「お前達が光魔法と土魔法で我らを阻む者か!? ただの女子供にしか見えんが、相当な使い手と見た! 学園都市に潜伏させていたリザンドロからの合図がないことを思うに、そなたらに排除されたといったところか」

リザンドロ? あの名も知らぬ魔族のことかな。

彼は文字通り土に還《かえ》ったよ、と答えかけたが、下手に返事をして隙を突かれたくない。もう少し様子を見よう。

「さすがは学園都市、やはり勇者となり得る存在がおったか。わざわざ時間を掛けて王国の中央まで侵入した甲斐があるというものだ。のう? リュドヴィックよ」

何!? また僕の名前を……? リザンドロとかいうあの魔族も、リュドヴィックがどうのこうのと言い残していたな。

何で僕の名前を知っているんだ。まさか、そのリザンドロによってマクシムの周囲の人間はもれなく調査されているのか? もしかして、アンヌも!?

そんな動揺が顔に出たのか、魔族の男がニヤリと笑う。

「やはりそなたがリュドヴィックか。ならば手間が省《はぶ》けて良いわ。リザンドロにも言われたやもしれぬが、どうだ？　我らと共に魔王領へと来ぬか。そなたならばすぐに、魔王軍でも頭角を現すであろう」

「お断りだ！　僕は王家の血を引く者、魔族に付くなどあるものか!!」

あ、言っている途中に気付いたけれど、お父様はお母様と駆け落ちする際に、これ以上付き纏うなら魔王軍に寝返って、王国に攻め込むとか言って王家を脅してたんだよね。とんでもない男だな、あの人。

おっと、余計なことを考えている場合じゃない。交渉の余地があると思われても癪《しゃく》だ。

「我らにとっては、まず学園都市のあらゆる機能を奪うことが本来の目的である。とはいえ、そなたが来るのなら、学園都市は見逃してやっても良かったが……頷かぬのなら仕方あるまい。そなたを殺し、本来の目的も遂行するまでだ。皆の者、掛かれ！」

グリフォンに乗った魔族達が学園都市へ襲いかかる。

魔法で火を放つ者、突風を起こして建物をなぎ倒そうとする者、氷の塊を降らせる者、手当たり次第に都市全体に対して攻撃を始めた。

その間僕はずっと、対面している魔族の男の隙を狙っていた。

そうだ、確認をするなら今が最後の機会になるだろう。リリーさんのためにも聞き出しておきたい。

「ねぇ、一応聞いておきたいんだけどさ、リザンドロが化けていたフィロ子爵、本物はどうしたの？」

学園都市が攻撃されているにもかかわらず、僕が落ち着いた表情で質問をしたからだろう。不思議そうな顔をしながらも、魔族の男が答える。

「その余裕はどこから来るのだ。ふん、まぁ良い。フィロ子爵は三年ほど前にリザンドロが殺している。化けるためには、その身を喰《く》らわねばならぬからな」

あぁ、最低だな。取って代わるために喰う、と。

もう敵確定だよね？　平和的解決の模索《もさく》とか必要ないよね？　人族と魔族は相容れない者同士なんだよね？

もう全員始末しちゃっても、いいよね。

そう決意した瞬間、学園都市を攻撃していた魔族の一人が焦ったような声を上げた。

「隊長、この街は偽物です！　何らかの魔法でできた虚像のようです!!」

「なっ、これだけの規模の街を魔法でだと!?」

はい隙ができました！

僕は両足に身体強化魔法《フィジカルブースト》を掛け、光の長剣を作り出し、隊長と呼ばれた魔族の懐《ふところ》へ急襲。そして着ている鎧ごと胸部を貫く！

剣は柄《え》の部分まで何の手応えもなく突き刺さり、驚愕に目を見開いたままその魔族は息絶えた。

こいつの乗ってきたグリフォンも始末するのを忘れない。グリフォンの眉間へ一刺しすると、ゴロンと巨大な身体が倒れた。

そして光魔法で作り出していた学園都市の虚像を消滅させ、何もない草原へと戻す。

突然景色が変わったことに驚いている魔族達を、僕とアンジェルで手分けして始末した。

レーザーガンで次々に撃ち抜いていき、撃ち漏らしたグリフォンはドラゴンになったアンジェルが空から追いかけ、全て始末してくれた。

絶対に逃がしはしない。


殲滅するのに、それほど時間は掛からなかった。

アンジェルに乗って上空から魔族の死体を数えると十三体、グリフォンの死骸も十三体だった。恐らく全て始末できたはずだ。

少数精鋭と言っていたけど、たった十三人で本当に、学園都市を壊滅状態にできる算段を付けていたんだろうか。

いや、これくらいの少人数でないと、メルヴィング王国の真ん中に位置するこの場所まで潜入するのは不可能なのかもしれない。

ここが本物の学園都市であれば、こうも簡単にはいかなかった。

……そう、僕は学園都市を大規模な光学迷彩で覆い隠し、少し離れたこの場所に虚像の学園都市を再現していたのだ。

本物の学園都市には、夜明け前から起きて活動している人もいるだろう。

その人達は、学園都市に何か異変が起きていることに気付いたはずだ。何せ、学園都市全体が星明りすらない真っ暗闇になっていたのだから。

何とかこの囮《おとり》作戦は成功したけれど……もし、あの襲撃部隊の来る方角が本物の学園都市と被っていて、上空を通過されていたら、光学迷彩を見破られていた可能性もある。

ギリギリの段階で思いついた作戦だったのでリスクもあったが、誰も犠牲にせず学園都市を守ることができた。

良かった。マリー様も、アンヌも、そしてマクシムも無事だった。みんなの運命《シナリオ》を書き換えることができた。それが何よりだ。

「アンジェル、助かったよ。リュエもシャンも、ありがとう。おかげで大切な人達を守ることができた」

三人に向かって頭を下げる。僕一人の力では、とても学園都市を守ることはできなかった。

アンジェルがいて、精霊二柱《ふたはしら》との契約があってこそ、できた戦いだ。本当に感謝している。

「リュー坊ちゃまのためなればこそ」

アンジェルはそっと肩に手を触れ、頭を上げるよう促してくれる。

主《あるじ》が従者に頭を下げるべきではない、と言いたいのかもしれないが、本来アンジェルは王女様なのだ。

それなのに僕のそばにいてくれて、大切なものを守るために力を貸してくれた。頭の一つや二つくらい、何度でも下げてみせよう。

「リュー君、お疲れ様でしたわね。昨夜から寝ていないのですから、早く帰った方がよろしくてよ？」

「リューちー、お疲れなの」

リュエとシャンも労《ねぎら》ってくれた。

精霊との契約。最初こそ困惑したが、今になってみれば降って湧いたような幸運だ。莫大《ばくだい》な魔力量を得ることができた僕だけど、力は使うべき時に使わねば意味がない。

多少の無理など厭《いと》わない。自分が信じる正義のために、守りたい人達のために、僕はこれからも二人の力を借りるだろう。

何にしても、終わった！　やりきった!!

もう当分アンヌやマクシム達に、危険が及ぶことはないんじゃないかな。

そう思った途端気が抜けて、足がガクガクと震えてきた。

こんな経験、前世を含めても初めてだもの、仕方ないよね。敵だとはいえ、すごい勢いで殺しちゃったよ。

あぁ、力が抜けて立ってられないや。多分まともに歩けないなこれは。

『リュー坊ちゃま、私の背中へお乗りください』

ドラゴンの姿になったアンジェルの背中に乗っかり、学園都市へと連れて帰ってもらう。

大仕事を終えた後の疲労感と達成感、安堵感が眠気を誘うが、アンジェルの背中から見た朝焼けが容赦なく僕の顔を照らす。めちゃくちゃ眩しい……。

あぁ、そうだ。光を増幅する暗視ができるんだから、サングラス的な遮光《しゃこう》もできるんじゃないかな。はいできた、これで眩しくない……ん？

その時、朝日を背にこちらへと飛行する影が目に映った。

その数およそ十体。グリフォンに比べて遥かに大きい魔物が、すごい速さで学園都市へ向かっている！　まさか、先ほどのグリフォン部隊は尖兵《せんぺい》で、あれが本隊……!?

何と迂闊《うかつ》なことをしてしまったんだ。

既に先ほどの虚像は消しており、本物の学園都市を隠す光学迷彩も解除してしまっている。恐らく向こうはもう、学園都市を目視で確認しているはずだ。

クソッ！　やっぱりまだ詰めが甘かった、いや今考えていても仕方ない！　何とかするしかないんだ。

『アンジェル！　全速力で学園都市へと戻ってくれ、敵の本隊が接近中!!』

『なっ!?　畏まりました、しっかりとお掴まりくださいませ！』

疲れきっている僕を気遣ってか、ゆっくりと飛行してくれていたアンジェルも、僕の指示を受けて急加速。この速度なら間に合うか!?

『あっ！　あ〜、リュー君？　あの……』

「油断した！　でも本隊であろうが第二陣であろうが、殲滅してやる!!」

どのような作戦で、どのような手順で。そんなことを思いつく間もなく、学園都市外壁の前に着陸。アンジェルの背中から飛び降り、敵を睨みつけて身構える。

よし、やってやろうじゃないか。

学園都市防衛作戦第二幕、開始だ！　かかってこいやぁ!!

魔力を振り絞って、学園都市全体をドーム状の魔法障壁《マジックシールド》で包み込む。魔法であろうが物理であろうがどんな攻撃も通すつもりはない！

全身に身体強化魔法《フィジカルブースト》を掛ける。五感全てが研《と》ぎ澄《す》まされる。自分の心臓の拍動《はくどう》がうるさい、もうちょっと静かにしてくれ。

空を見上げると、迫り来る敵の大きさに心が折れそうになる。

デカ過ぎる、ドラゴンになったアンジェルほどか……？　それが十体もいる、どう立ち向かえばいいだろうか。

さっきからリュエとシャンが何やら騒いでいるが、今はそれどころじゃないんだ！　集中し、魔力を高めて体内で練り上げる。

魔法の多重発動《マルチタスク》を練習しておいて良かった。学園都市を障壁で包んだまま攻撃することができる。

まだ奴らの位置は、学園都市から距離がある。

僕はレーザーの威力を増すため、指先ではなく両手それぞれに魔力を溜める。

イメージは大砲。腰を落として両手を構え、襲撃者達を見据える。

まだだ、まだ足りない。グリフォン程度ならチリすら残さずに消し飛ばせるだけの魔力を、レーザーキャノンに変え、全力をぶつけてやる。

この一撃、この一撃に全てを込める。

一度の攻撃で全ての脅威を薙《な》ぎ払《はら》うべく、限界まで魔力を溜める。

奴らも近付いてきた。よし、あとは魔力を放つだけ……。

『リュー坊ちゃま！　お待ちください！』

そこへアンジェルが突如、ドラゴンの姿で翼を広げて僕の前に立ち塞がった。

「アンジェルどいて、そいつら殺せない！」

『ですからダメだって言っているでしょうに!!』

リュエまで、どうして止めるんだ！　あとは撃つだけなのに！

これ以上近付けさせる訳にはいかない。身体強化のまま走り出し、翼を広げるアンジェルの足元をくぐり抜けてかわす。

再度構え直してよく狙い、空へと放つ!!

『シャン、土壁！』

『やってるの！』

レーザーキャノンを放った瞬間、目の前に土と金属の大きな壁が地面から突き出した。レーザーは土壁を破壊したが、軌道が上へずれ、そのまま宙へと吸い込まれるように消えていった。

レーザーキャノンを放った反動で地面にひっくり返った僕は、呆然とそれを見上げていた。もう同じ一撃を放つほどの魔力も時間も、残っていない。

シャンは何で土壁なんて出したんだ。訳が分からない。理解が追いつかない。

「何でだ……何で邪魔《じゃま》したんだシャン……」

『戦う必要がないの。街を襲う者は誰もいないの』

戦う必要がない、だって……？　でもあれが来ているじゃないか！

あの群れが僕の真上を旋回している。きっとあれは僕の内臓を喰いちぎり、槍で串刺しにして……。

『リュー君、よく見て。そしてアンジェルが何故立ち塞がったのか、アンジェルの言葉によくよく耳を傾けなさい』

そうだ、アンジェルまでもが僕の前に立ち塞がったんだ。何でだ？　あそこまで無理矢理僕を止めようとするなんて、今までなかったのに……。

ワインレッドの巨体を僕の身体へ寄り添わせ、頭《こうべ》を垂れるアンジェル。目を伏せて、念話でとんでもないことを伝えてきた。

『リュー坊ちゃま、あれは私の父にございます』

父……お父さん？　え、アンジェルのお父さんってことは……ファフニール!?

バサバサと羽ばたいて砂埃《すなぼこり》を上げながら、十体のドラゴン達が次々に地面へと降り立った。全員が同時に眩しい光を発して人化し、その場に跪く。

その一番前にいた、大柄でやや歳のいった風貌《ふうぼう》の男性が、僕を見て口を開いた。

「お初にお目にかかります。ファフニール族の王、カイエン・ゴルドレアン・ファフニュレオンと申します。以後お見知りおきを。リュドヴィック様」

「あ……どうも、初めまして……」

僕は地面に寝転んだまま、そう答えるのが精いっぱいだった。

第四章：大事な話

思わぬ訪問者が現れた一時間ほど後、僕は公爵城の応接室にいた。

魔力を使い果たし、身動きが取れない状態になってしまったので、アンジェルのお父さんだというカイエンさんに担《かつ》いで連れてきてもらったのだ。

魔力が底をつくまで魔法を使ったのは初めてだ。こんな感じになるんだね、気を張っていたことも相まってもうクッタクタだ……。

ちなみにカイエンさん以外のドラゴンは、王であるカイエンさんの側近や護衛らしく、今は別室にて待機中だそうだ。アンジェルは僕の後ろに立ち、メイド姿のままいつもと変わらず控えている。

僕の左隣にはシル伯父様とお父様が座っていて、向かいにカイエンさんがいる。そして、僕の右隣には澄まし顔のアンヌも。変なことを口走らないといいんだけど……。

知らなかったとはいえ、僕はファフニール族の王に対して攻撃を仕掛けてしまった訳なんだけれど、国際問題に発展しないだろうか。胃が痛む。

カイエンさんがファフニール族の王で、アンジェルはその第一王女。そんなアンジェルが何故僕のメイドをしてくれているかについては、確かにいずれファフニール王の口から伝えると、アンジェルに言われていた。

でもまさかこんな形でお会いすることになるとは……。

「それで、今回のご訪問の目的は……？」

恐る恐るといった感じで、領主であるシル伯父様がカイエンさんに尋ねている。

僕が学園都市を背にドラゴンを撃ち落とそうとしている光景を、シル伯父様は間近で見ていたらしい。

アンジェルからフィルマン、そして僕のお父様を通じて、魔族が襲撃してくると聞かされたシル伯父様は、すぐに王国軍を出動させ、兵士を学園都市の外周に配置していたそうだ。

つまり、全て見られていた。

アンジェルがドラゴンであることも、僕が全身全霊でレーザーキャノンをぶっ放したことも、ファフニール王が僕に跪いたことも……。

そういえば、何故カイエンさんは僕に跪いたのだろうか？

そう思ったところで、カイエンさんがシル伯父様の質問に答えた。

「我が主《あるじ》となられるお方、リュドヴィック様への謁見に参ったのだ」

はぁ⁉

ドラゴンの王が僕に謁見……逆じゃなくて？　えっと、どっちの立場が上なのかな？　ちょっと意味がワカリマセン。

「失礼、リュドヴィックの父、ロミリオ・メディナ＝ノマールと申します。何故ファフニールの王たるあなたが、リュドヴィックを主《あるじ》と……？」

慌てて話に加わるお父様。自分の息子に会うために、遠路《えんろ》はるばる他種族の王自らが足を運んだと聞いても、すんなりと納得できるはずがない。

カイエンさんはお父様の問いかけに対して頷き、理由を教えてくれた。

「メルヴィング王国には伝わっておらぬ話だと思うが、我らはハーパニエミ神国に身を置いている。表向きは大神官のグレルが治める神国であるが、真の統治者は別におられる。そのお方が、リュドヴィック様との契約を交わすと決められたのだ。我らはそのお方に仕えているが故、リュドヴィック様は我が主《あるじ》同然ということだ」

「それはつまり、リュー様の主《あるじ》であるワタクシとの謁見もお望みということでしょうか？」

アンヌ、ちょっと黙っとこうか。アンジェルもそんなにアンヌを睨むな。子供の冗談だと笑って流してくれ。

アンヌは明け方、にわかに騒がしくなった公爵城で目を覚ますと、僕がいないことにすぐ気付き、さらに今回の騒ぎを聞いて僕が関わっていることにも勘付いたらしい。

そしてマクシムを伴ってこっそりと城壁に上り、一部始終を見ていたのだという。

それから僕がカイエンさんに運ばれているのを見て、シル伯父様の制止を振りきって僕の隣に座っている、という訳だ。

シル伯父様だけでなく、アンヌにまで全て見られてしまった。

後で全部教えるから、今は大人しくしててくれ。そんな思いを込めてアンヌの手をぎゅっと握ると、分かってくれたのか静かになった。

アンヌが沈黙したのを確認し、シル伯父様が再び口を開く。

「それで、ハーパニエミ神国の真の統治者にして、ファフニール王さえ従えるほどのお方とは……？」

「――わらわである」

応接室の窓際に、突然人が現れた。

青いショートカットの髪の毛。水色のフワフワとしたドレスを着た、十歳前後に見える女の子。

シル伯父様とお父様が、女の子の突然の登場に驚いている。アンヌは目を見開き、何やらブツブツと呟いているようだ。だ、大丈夫か……。

「「な⁉」」

「ほほほっ、普段は人族の前に姿を現すことなぞないからの、驚くのも仕方ないわ。……さてリュドヴィックよ、わらわとの契約を望んでおるのであろう？　構わぬ、さぁ契約しようぞ」

ずいっと一歩近付いてくる女の子。

初めて会ってさぁ契約しましょって言われても、はいそうですねってなる訳がない。警戒して当然だ。

僕はそんな簡単に、訳の分からない契約に同意するような人間じゃないぞ！

「ちょ、ちょっと待ってよ！　契約って何のこと？　あ、もしかして君もドラゴンなの？　僕がアンジェルと契約しているのを聞いたとか……」

自分で話している途中で気付いた。

あ……初めて会った人間、いや人間じゃないいや、初めて会った存在と訳の分からない契約を結んだことあったわ。それも二回も。

僕以外からは不可視な精霊二柱《ふたはしら》を見る。二人とも何故か、両手を合わせてしきりに頭を下げている。一体何を謝ってるんだ。

「そうか、では先に名乗るとしよう。我が名はクー・ドゥ・ヴァン。風の精霊である」

「「「風の、精霊……？」」」

「お姉様方からそなたのことを聞いての、面白そうだと思うたのじゃ。ほれ、わらわを受け入れよ」

ずいずいっとさらに僕の方へ歩み寄り、両手を広げる風の精霊、クー。

そこへアンヌが立ち塞がる。あら、見た目は同い年くらいだね。仲良くできるかな？

「何のことか分かりませんが、リュー様はそんな意味不明な契約なんてしませんわ！」

できる訳なかった。

精霊だろうが何だろうが態度を変えず、自分の想いをぶつけることができる女の子、アンヌ。

「おや？　そなたはリュドヴィックの主《あるじ》だと言うておったが、リュエ姉様とシャン姉様のことを聞いてはおらぬのか」

いきなり登場した風の精霊が、僕の秘密を暴露《ばくろ》し始める。待ってくれその話はお父様にすら言ってないんだ！

知っているのは一緒に迷宮攻略に行ったメンバーだけだ。ドラゴンだけでなく、精霊とも契約しているなんてみんなに知れたら、僕が変な目で見られるだろ！

「お姉様方、皆の者にも見えるよう出てきてくださいまし」

『出てくるなよ！　絶対に出てくるなよ!!』

僕の制止も空《むな》しく、淡い光と、爽やかな花の香りと共に、光の大精霊と大地の大精霊が姿を現す。

今さり気なく特殊効果《エフェクト》つけて出てきたよな!?

「出てくるなって言ったのに！」

「えっ、今のは振りだったのではなくって？」

「リューちーが出てこいって言ったの」

振りじゃない！

新たに現れたリュエとシャンに、声も出せず口を開けて呆気に取られているシル伯父様とお父様。

そしてアンヌも驚きが限界を超えたのか、力なく床にへたり込んでしまった。

「さぁ、わらわも受け入れよ」

床に座り込むアンヌを跨《また》いでさらに歩み寄り、僕の隣に座る風の精霊、クー。

「空を飛びたいのであろう？」

うっ、それが今回の訪問の理由なのか？　でもそれを言われると……

「もちろん、だとも……」

こう答えざるを得ないじゃないか……だって空飛びたいもん。

クーがそっと僕に抱きついた。

『聞こえておるか？　わらわのことはクーと呼ぶが良い』

間もなくして念話が届く。

風の精霊と新たに契約を交わしてしまった。これで三柱《みはしら》目。自分が置かれている状況が分からない。どうしてこうなった。

迷宮攻略の後、自作魔法を試しながら、空を自由に飛べたらいいなと、確かに僕はそう思った。

でもその結果がこれ？

いつか風の精霊を探す旅に出たいな、出られたらいいな、そう思っていただけなのに、向こうから来た。それもファフニールをぞろぞろと連れて。こんなことってある⁉

「クーちゃん、ドラゴンを伴《ともな》って来るのならば、前もって教えていただかないと困りますわ。危うくリュー君がドラゴンの皆さんを消し飛ばしてしまうところだったのですよ？」

「さすがのあたしも焦ったの」

「それはすまんかったのう。まぁ、何もなかったのだからいいじゃろうて。かっかっかっ！」

高笑いするクー。

ふと視線を感じて振り向くと、アンジェルが呆然とした表情でこちらを見ていた。

「どうしたの？」

「いえ……我らドラゴン種は、皆が風の精霊の加護を享受《きょうじゅ》しております。ドラゴンにとって、風の精霊は信仰の対象かつ、指導者でもあります。まさかこれほどまでに、気安くお喋りなさるとは思いもしませんでしたので……」

あー、心中お察し致します。

とはいえ、リュエとシャンとは古い付き合いなのだろうしな。二人のことをお姉様と呼んでいるのも、精霊の位階の差というよりは、親しみ故の呼び名のように感じる。

精霊の間でも仲が良いとかそうでもないとか、あるんだろうか。

「どうやら契約はつつがなく終わったようですな、リュドヴィック様」

カイエンさんが声をかけてきた。まさかこれ以上何か用事が……？

「さて、それでは続いてファフニールの王として、リュドヴィック様と我が娘であるアンジェルの、婚姻《こんいん》の話に移りたいと思うのですが、よろしいかな？」

——次は僕が呆然とする番だった。

反応できずにいると、カイエンさんは言葉を続けた。

「アンジェルは我が娘、ファフニール族の第一王女にございます。リュドヴィック様と我が一族とを強く結びつけるために、是非ともアンジェルを娶っていただきたい」

あぁ、やっぱり僕とアンジェルを結婚させようということなんだ。なるほどなるほど、ってそう簡単に呑み込める話ではない。

アンジェルは、僕が生まれた時からお世話になっているメイドだ。王女であるという事実を知ってからも、今まで通りの接し方で構わないとアンジェルが言うものだから、その通りにしてきた。

それを今更結婚だなんて言われても戸惑うし、そもそも学園にすら入学していない子供である脇役《リュドヴィック》と、ファフニール族との結びつきを強くして何になるって言うんだろうか。

そうだ、まずは何故カイエンさんがアンジェルを我がノマール家へ送り込んだのか、その意図を確認することの方が先だ。思いきって尋ねてみる。

「あの……そもそも何故王女という立場のアンジェルを、一介《いっかい》の士爵家であった我が家のメイドとして遣《つか》わされたのですか？」

「それはもちろん、リュドヴィック様のお世話をさせるためにございます」

至極《しごく》当然である、という雰囲気で答えるカイエンさん。けれども僕にはさっぱり理解ができない。

ちらりとお父様を見ると、僕の視線を感じてかやっとその口を開いた。

「アンジェルは……アンジェル王女殿下は、リュドヴィックが生まれたその日に、我が屋敷を訪ねてこられました。今日生まれた子供の専属メイドとして働きたいと」

僕が生まれた当日に訪ねてきたって⁉　何で生まれる日なんて知ってたんだ……。

「当家は当時三歳の長男と二歳の次男がおり、突然の申し出に戸惑いはあったものの、人手が増えるのはありがたいと思って雇い入れました。殿下は、すぐに慣れたご様子でリュドヴィックの世話をしておられたので、もしや我が父である国王陛下の命《めい》を受けて派遣された、王家専属のナースメイドなのではないかと思っておりました」

ナースメイドとは、子守専門の使用人のことだ。僕が生まれた当時は、駆け落ちした両親と王家との和解ができていなかったので、表立って支援はできない代わりにナースメイドを派遣してくれたのだと、勘違いしてしまったのは頷ける。

「しばらくして陛下のご指示ではないということは分かったのですが、もう既にリュドヴィックは殿下に懐いており、当家としても殿下はなくてはならない存在でしたので、深く考えずにこれも何かの思し召《おぼしめ》しだと思っておりました。王女であらせられると分かった後も、今日までいち使用人として扱ってきたご無礼、何卒ご容赦くださいませ」

お父様がカイエンさんと、そしてアンジェルにも頭を下げる。

「何故リュドヴィックをお選びになったのかは分かりませんが、詮索は致しません。何か、事情がおありなのでしょう」

カイエンさんは無言で頷いた。かつてアンジェルが言っていたのとは違い、ファフニールの王女が僕のお世話をしていた理由を、カイエンさんはこの場で語るつもりはないみたいだ。

長年気になっていることであるけれど、今は婚姻の話をしている最中である。お父様も詮索しないと言っているし、今は僕が無理に尋ねることもないか……。

ともかく、僕にしてもお父様にしても、もうアンジェルはノマール家の家人として、いて当たり前の存在だ。

でもアンジェルが望んでいたとはいえ、王女として扱いを変えることをしなかったのは非難されてもおかしくない。

しかし、カイエンさんは問題ないと手を振って答えてくださった。

「構わん、全ては我が指示したこと。アンジェルをリュドヴィック様のもとへ送り出したのは護衛、そしていずれ嫁ぐお方のお世話のためだ。王女として出向いてもいらぬ混乱を招くだけであったろう。むしろ、リュドヴィック様にご不自由がなかったかどうかの方が気掛かりである。如何《いかが》でしたかな？」

そう言って僕に視線を向けるカイエンさん。

え～、ここで僕に話が戻ってくるんですか？　周りを見回しても、シル伯父様とアンヌはまだ固まったままだし、精霊達は部屋の端で固まってわやわや何か話しているし、アンジェルはいつも通りの雰囲気で僕の後ろに控えているし……。

うん、尋ねられた以上、ちゃんと受け答えをしないといけない。僕はこれでも一応、貴族子女なのだから。

「不自由など何もありませんでした。王女であると知った後も、同じようにメイドとして接していたことを僕からも重ねてお詫び申し上げます。そして婚姻のお話ですが、僕はこちらにおられるアンヌ・ソフィー・リフドゥ＝トルアゲデス公爵令嬢の側仕えの身。アンヌ様に仕える僕が結婚というのは、この場ですぐにお返事できることではございません」

「そそそ、そうですわ！　リュー様はワタクシの側仕えですのよ！　けけけけ、結婚などっ……」

我に返ったアンヌが顔を真っ赤にしながら、カイエンさんを指差して立ち上がる。こら、人を指差すんじゃありません。そっと手を取って下ろさせ、ソファーへと座らせる。

カイエンさんはそんなアンヌの言葉を聞くと、シル伯父様に向かって、いかにも王らしい態度を見せた。

「何と、リュドヴィック様が側仕えを……。ではトルアゲデス公よ、本日をもってリュドヴィック様をその責務から解放せよ。リュドヴィック様は、誰ぞに仕えるようなお方ではない」

やや怒気《どき》を含むその物言いに、お父様が表情を険しくする。外交上の越権《えっけん》に等しい発言だからか、公爵であるシル伯父様に指図《さしず》したからか、はたまた僕の立場に対して言及したからか。

するとやり取りを窺っていたシル伯父様が、宥めるようにお父様の肩を軽く叩いた後、口を開いた。

「ファフニール王陛下、実は近々リュドヴィックは、アンヌの側仕えではなくなるのです」

「ほう、それは当然と言えような」

え、いやいや、そんな話聞いてないんですけれども。

アンヌも驚いている様子で、目を見開きシル伯父様を見つめている。

一体どういう思惑があるんだろうか。お父様とシル伯父様の雰囲気から、今この場で思いついたという訳ではなさそうだ。

「実はリュドヴィックには私の跡、トルアゲデス家を継いでもらおうと思っておりましてな。私には子がアンヌしかおりません。そしてアンヌには、いずれ現れるであろう勇者へ嫁ぐという責務がある。つまり、私には世継ぎがおらんのです。ロミリオは私の弟であり、リュドヴィックは私の甥《おい》なのです。ロミリオへは以前から、リュドヴィックを養子としてもらえないだろうかと打診しておりました」

「ふむ。それで？」

「したがって、リュドヴィックとアンジェル王女殿下との婚姻のお話を受けることはできません」

……脇役として生まれたはずの僕の運命が今、目の前でぐるんぐるんと変わっていっているのを感じる。

ファフニールの王女との結婚か、それともトルアゲデス公爵家へと養子入りし、次期領主である嫡男となるか。リュドヴィック、ちょっと付いていけない。

「お父様、一体何のお話をされているんですの⁉　リュー様がお父様の養子？　側仕えではなくなる？　ワタクシは何も聞いておりませんわ！」

勝手に話が進んでいく中、アンヌが今までにない剣幕で怒り出す。

「アンヌ、後で詳しく説明するから今は黙って聞きなさい」

「イヤですわ！　リュー様がワタクシの兄上《あにうえ》になるということですの!?　そんなの絶対にダメですわ!!」

「黙って聞けないというのなら、今すぐこの場から出ていきなさい」

シル伯父様の叱責《しっせき》にも似た言葉。アンヌは両手を握り締めて大人達をキッと睨むと、走って応接室から出ていってしまった。

思わず僕も追いかけようと立ち上がったが、お父様に手で制された。

「座れ、リュー。大事な話だ」

そう前置きして、お父様は説明してくれた。

今のままだと、シル伯父様ことトルアゲデス公爵に嫡子がいなくなってしまうのは、さっきシル伯父様が話していた通りだ。

シル伯父様と、このことを以前から相談していたお父様は、それならばノマール子爵家には三人も息子がいるのだからと、僕が側仕えになった頃から養子入りの話を進めていたらしい。

何故僕のみが対象になるのかはぼやかされたが、アンヌと一番長く接していたことが理由の一つだとか。兄妹《きょうだい》としても上手くやれるだろうからと。いや、基準がそれでいいんだろうか。

「ふむ……リュドヴィック様がトルアゲデス家を継がれることは分かったが、それとアンジェルとの婚姻が結べないことに、何の関係があるのだ？」

カイエンさんが腕組みをして、シル伯父様へさらなる説明を求める。確かに、シル伯父様の跡を継ぐこととアンジェルと結婚すること、どちらか一方しか選べないということもないように思う。

「リュドヴィックをハーパニエミ神国へ連れていかれては困る、と申し上げておるのです」

ああそうか。シル伯父様は、跡継ぎにと思っていた僕が婿入りすることで、他国へ連れていかれてしまうと懸念していたようだ。

「なるほど、我々がリュドヴィック様を大神官に仕立て上げようとしているのではないかと、そう思っているのだな」

「……違うのですか？」

大神官というと、さっきカイエンさんが説明してくれたハーパニエミ神国の統治者のことだ。

実際は風の精霊であるクーが治めている国だけど、今はグレルという大神官が表に立って、神国の政治を取り仕切っている。アンジェルと結婚させるのは、僕をその大神官の位《くらい》につけるためなのではないか、とシル伯父様は推測したようだ。

だがカイエンさんは首を横に振った。

「うむ、違う。あくまでアンジェルをそばに置いていただきたいというだけのことだ。神国へ身を移していただく必要はない。すぐに婚姻というのが難しいのであれば、今は婚約のみでも構わぬ。

何なら、側室として置いておくのでも構わん」

側室⁉　第一王女が側室の待遇でいいんですか⁉

いや、ドラゴンがそういう概念についてどう捉えているのか全く分からないけどさ。そもそも僕は側室と第二夫人と妾《めかけ》と愛人の違いもよく分かっていないけど。

ふと、カイエンさんがアンジェルに視線を送る。

何かを確かめるようなその視線に対し、アンジェルは目を伏せている。あくまで今まで通り、メイドとして僕の後ろに控えたままだ。

「リュドヴィックはまだ十一歳でございます。この国では、婚約者や側室を探し始めるのは十二歳を越えてからが一般的で、まだ何も考えておりませんでした。今しばらく返事を待っていただきたい」

カイエンさんより立場の弱いお父様ではなく、公爵という地位のあるシル伯父様が、そう答えてくれた。

カイエンさんは少し考えるような仕草をし、そしてまたアンジェルへと視線を送る。

「アンジェルよ、ご記憶は未だ……？」

そしてそう、歯切れ悪く尋ねた。

今度はアンジェルがカイエンさんの目を見つめ返し、そして深く頷いてみせた。

「そうか……ちと時が早過ぎたのやもしれぬな。トルアゲデス公よ、そなたの言い分は理解した。

場を改めるとしよう。リュドヴィック様、アンジェルは王女ではありますが、今までのようにメイドとして接してやっていただけませぬか。私もアンジェルも、そう望みます故に」

「え!? あぁ、はい……」

シル伯父様にはアンジェルを僕と婚約させるよう要請し、そして僕には今まで通りで構わないと言うカイエンさん。

婚約の可否によっては、アンジェルが国に帰ることになるかもしれない。

ただ、今この場でその決定は下されないようだし、カイエンさんもああ言ってくれた。ひとまずしばらくはアンジェルとお別れする必要はなさそうだ。

それについては少しほっとしたけれど、シル伯父様達とカイエンさん双方の、本当の思惑は分からないままだった。

こうしてカイエンさんとシル伯父様の会談は終了した。

今日と明日、公爵城にてファフニール族の泊まる部屋を用意することになった。

突然の訪問なので大々的な歓迎行事をすることはできないが、王族の歓待という名目で、ささやかながらパーティーが明日にも開かれるそうだ。

それには僕も呼ばれているが、いち種族の王様を迎えて何を話せばいいのか分からないし、何故あれほどまでに僕に対して、敬意を持って接してくるのかも全く分からない。

正直、一緒に食事をとる気にはなれないんだけど……。

何にしても、パーティーは明日だ。

アンジェルは、ファフニール族の皆さんとの十一年ぶりの再会ということで、今はそちらの部屋へと行っている。久しぶりに会う父親、そして仲間達とゆっくりと過ごしてほしい。

問題はアンヌだ。走って出ていってしまったけど、大丈夫だろうか。

朝食を済ませた後、アンヌの部屋へと向かうと、公爵家付きのメイドさんが部屋の前に立っていた。何でも、今は誰にも会いたくないと言っているらしく、話をすることができなかった。

お父様にも詳しく話を聞かなければと思ったんだけど、お父様はシル伯父様と話し合うことがあるとかで、シル伯父様の執務室にこもってしまった。正直、僕から逃げたんじゃないかと疑っている。

僕がアンヌの側仕えになるという時はあんなに僕を気遣っていたのに、養子になるという話は裏でこっそりと進めていたんだから、僕に対して後ろめたいところがあるんだろうと思う。

もちろん言いたいことはあるけれど、僕は見た目通りのお子様ではない。

それぞれの思惑、それぞれの立場があるということは理解しているつもりだ。今は二人の考えが定まるまで待つことにする。

別に僕が公爵家へ養子入りしても、僕は既に公爵城に住んでいるし、今の暮らしが大きく変わる訳ではない。それでも家名や将来は変わるし、色々と影響はあるだろう。そう思うと少し気が重い。

そして何よりも、アンヌが気がかりだ。僕がアンヌの兄になることが、悪役令嬢から正統派ヒロインへ導く上での支障にならなければいいんだけど……。

いや、こういう時はしっかりと話し合っておくべきだ。些細なすれ違いが大きな溝となり、関係修復が困難になってしまう。

その結果、最悪の結末を招くかもしれないのだから。それだけは絶対に避《さ》けなければならない。

……そうか、部屋から出てこないのであれば、アンヌが部屋を飛び出してくるよう仕向ければいいんだ。

それも、僕は部屋にいるだけでそれができるじゃないか。よし、試してみよう。

僕は大人しく自室へ戻り、ベッドに腰掛ける。

『あら、アンヌちゃんのことはもういいのかしら？』

不可視状態のリュエが僕の行動を不思議そうに眺めてくる。まぁ、見ていてくれたまえ。

僕は魔力を身体から漏れ出ないように閉じ込めて遮断する。

普段からアンヌは僕の魔力を探知しており、外に抜け出そうとすればすぐに駆けつけてくる。

部屋の中に入り、ベッドに座ったはずの僕の魔力が突然探知できなくなったとしたら、アンヌはどうするだろうか？

「リュー様!?」

すぐさま、バンッ！　と僕の部屋のドアを開け、慌てた表情のアンヌが駆け込んできた。

勢いを殺しきれず、そのまま僕の胸に飛び込んでくる。はいキャッチ。これで逃げられないだろう。

「やっと部屋から出てきてくれたか」

「まっ、まさかワタクシを誘い出すためにわざとですの⁉」

僕の企みに気付いたアンヌは腕の中から逃れようとするが、僕がギュッと抱き締めているので離れることはできない。

「――アンヌ、このままでいいから聞いてほしいんだ」

いきなり僕が兄になるのだと言われても、戸惑いが大きかったのだろう。

それでもアンヌは僕にとって、既に妹も同然だ。公爵家に養子入りしようが、これからも大事な家族であることには何の変わりもない。

アンヌに何かあれば全力で守るし、どこにいたって助けに行く。僕にとってアンヌはかけがえのない大切な存在になっている。そばにいたいし、いてほしい、そんな特別な人だ。

アンヌと共に支え合い、共に成長していきたい。これから何があっても、心はずっと一緒にある。

たとえアンヌが勇者のもとへ嫁ぐ時が来ても、僕はアンヌの幸せを誰よりも願っている。

たとえ僕が誰かと結婚したとしても、その願いは変わらない。

……そんな思い返せば身悶《みもだ》えするようなセリフを、もがくアンヌを抱き締めたままつらつらと語った、ような気がする。

何ぶん疲れ果てていたので、自分が何を言ったのか一言一句覚えている自信はない。それでも、その時にアンヌへ伝えた言葉に、嘘偽《うそいつわ》りはなかったと誓《ちか》える。

アンヌをマクシムのもとへやるのは心底腹立たしく思っているが、それがアンヌの幸せのためだろうと僕は信じている。

アンヌは途中から抵抗するのをやめ、じっと黙って僕の話を聞いていた。そして、最後には「少し一人で考えさせてください」と言って、僕の部屋を出ていったのだった。

その背中を見送ると共に、一気に眠気が襲ってきて、僕はベッドに倒れ込む。

『あらあら、リュー君もやる時はしっかりとやるのですわね』

『自覚があるのかないのか、分からないところが不安なの』

誰かがそんなことを言っていたような気がした。

学園都市へ襲撃してきた魔族を殲滅し、思わぬ来訪者があった翌日。

色んなことがあり過ぎて、身体がまだ回復しきっていない。

もう少し、いや今日いっぱいベッドで休んでいたいんだけど、それでも僕の都合なんて関係なく物事は進んでいく。

アンヌはあの後も自室に引きこもったまま、一人になって今後のことを考えているみたいだ。

僕の伝えるべきことは伝えたので、アンヌもゆっくりと、自分がどうしたいのかを考えてほしいと思う。

問題はお父様とシル伯父様だ。結局二人はあれっきり執務室から出てこなかったので、養子入りの件について説明を受けられていない。

そしてそのまま、カイエンさん達ファフニール族を迎えてのパーティーの時間になってしまった。

パーティーとは言っても、突然の訪問で十分な準備期間がなかったので、お互いの家族が同じテーブルに座って会食をする程度のものだ。

そのパーティーの歓談《かんだん》中、カイエンさんがシル伯父様に、アンジェルの今後について言及した。

「王立スタニスラス学園へ、アンジェルも入学させてやりたいのだが」

これはシル伯父様への王としての要請なのか、それとも娘のことを思う一人の父親としてのお願いなのか。どちらにせよ、シル伯父様としては断る理由もないだろうけど。

「分かりました、手配しておきましょう。となると、リュドヴィックと同学年。一緒に学園へと通うことになる訳ですな。見た目の年齢は周囲と差が出ますが、ご容赦ください」

「ああ構わぬ、頼むぞ。しかしスタニスラスとは、懐かしい名を学園に冠したものだな。我らファフニールも、先の勇者、スタニスラス様のお供として魔王国と戦った仲だ。まだ幼かったアンジェルもあのお方によく懐いてな、大きくなったらスタニィ様の妻になると言って、スタニスラス様を困らせておったわ」

ガハハと笑うカイエンさんの脇腹に、隣に座っているアンジェルの拳がめり込む。

「父上、さらりと私の年齢が分かるようなお話をされては困ります」

そう言うアンジェルは、今はメイドとしてではなく、ファフニール族の第一王女として臨席していた。服もいつもと違い、艶《あで》やかなワインレッドのドレスで着飾っている。

「ハッハッハッ、構わんではないか。我らドラゴンが人族より長命《ちょうめい》なのは周知の事実。そのアンジェルが子をなせるようになるのに数十年はかかるのだ。まあ、その頃にはスタニスラス様は……アンジェルよ、さすがに我であっても痛いぞ？」

止まらないアンジェルの拳。この親子、仲が良いのか悪いのか分からないな。

見た目は十代後半だけど、先代の勇者の時代にも生きていたとなると、推定年齢は三百歳オーバーか。

そんなことを考えていたら、じろりとアンジェルが僕を見て『どうかなさいましたか？』と念話を飛ばしてきた。無言で首を振っておく。

念話って伝えようとしないと伝わらないもんだよね？　心が全て見透《みす》かされている訳ではないよね!?　もしかして、僕が知らない念話の裏設定もありますか!?

「なるほど、そんなことがあったのですか。私どもはスタニスラス様の血を引いた末裔《まつえい》でございますが、詳しい話が残っておらんのです。スタニスラス様のお話はじっくりお聞かせ願いたいですな」

興味津々といった表情のお父様。それよりも僕は、お父様とシル伯父様に聞きたいことがあるんだけどなあ。

さっきから何度も二人に視線を送っているのにもかかわらず、ことごとく気付いていないフリをされている。別に怒ってる訳じゃないんだから、最低限の説明だけでもしてくれないものだろうか。

じゃないと僕がこれから、どう振る舞えばいいのか判断しようがない。

今後のことを思って心が締めつけられそうだというのに、大人達は僕達の先祖《せんぞ》だという勇者スタニスラスの話で盛り上がっている。

子供の時に遊んでもらったというアンジェルも話に加わり、当時のスタニスラスの様子をお父様とシル伯父様に語りながら、時折こちらへと物言いたげな視線を投げていた。

ごめんねアンジェル、時の勇者の話よりも、これから僕がどうすればいいのかの方が気になっているんだ。決してつまらないと思っている訳じゃないんだよ？

「非常に興味深いお話をありがとうございます。我らの父である国王陛下にも伝えさせていただきます。それで、アンジェル王女殿下の今後についてなのですが……」

話が一段落ついたタイミングで、シル伯父様がアンジェルの待遇について話そうとする。

「む、しばらくは今のままで良いということは、昨日伝えたと思うが……もう答えが出たのか？」

「はい。ファフニール王陛下、そしてアンジェル王女殿下。婚約の件について、この場で正式に返答をさせていただきたく存じます」

……やはりお父様とシル伯父様は、このためにお二人で話し合いをしていたようだ。

シル伯父様の返事次第で、僕とアンジェルの今後が変わる。不安な気持ちを抱えたまま、僕は話の行く末を見守るしかない。

婚姻のような重大な決定については、その家の当主の意向が第一。僕の一存で結婚するしないを決められるものではないんだよね。

シル伯父様の改まった態度を受けて、アンジェルが話に割り込む。

「公爵閣下、この場ではこのような格好をしておりますが、私のことはどうか今まで同様、一介のメイドとして扱ってくださいませ。いつも通りアンジェルとお呼びいただきたく存じます」

アンジェルの言葉を聞き、シル伯父様がカイエンさんを見つめる。カイエンさんは無言で頷いた。

ではそのようにと答えてから、改めてシル伯父様は返答の内容を告げた。

「――アンジェルを、リュドヴィックの婚約者として受け入れたいと思います。ただし、リュドヴィックは今後、公爵家嫡男としての立場になります。周辺国との外交の兼ね合いもあり、学園を卒業してすぐに挙式をするとの約束は、この場ではできません。場合によっては、第二夫人や第三夫人となる可能性もあることを、含んでいただきたい」

「構わん」

即答したカイエンさんがアンジェルに目を向けると、彼女も迷うことなく「承知致しました」と頷いた。

カイエンさんは、続いて僕の方に向き直る。

「リュドヴィック様、ファフニールの女子《おなご》は一途《いちず》にて献身的でございます。一度決めたなら相手がドラゴンであろうが人族であろうがとことん尽くします故、これからもそばに置いてやってもらえないでしょうか。第二夫人であれ、側室であれ、私もアンジェルも気にはしませぬ。ちなみに、アンジェルは人族でいうと十七・八歳頃でしょうか。十分に子をなせる身体になっております」

「は、はい……」

いやこの話の流れで身体の話をされても、反応に困るんだけど……。

僕がそう当惑しているうちに、シル伯父様が話を締めてしまう。

「ご理解いただけて安心しました。ありがとうございます」

シル伯父様は、お父様、そして同席していたお母様と一緒に立ち上がり、カイエンさんとアンジェルの席へと歩み寄る。

互いに握手を交わす様《さま》は、まるで無事にお見合いが成立した時のような雰囲気だ。

アンヌを気遣ってパーティーには参加されていないが、マリー様がこの場にいたらもっと賑やかになっていただろうなと、僕はその光景を他人事のように眺めていた。

ささやかなパーティーが終わった後、僕はお父様に連れ出され、シル伯父様の執務室に来ていた。

僕自身の将来に関わる話だということで、お父様とシル伯父様だけでなく、お母様もご一緒だ。

やっと事情を詳しく説明してもらえるようだ。

このまま何も話されず自室へ帰されていたら、僕は少し早い反抗期を迎えていたかもしれない。

「実はな、リュー。私達は、お前が精霊と契約を交わしたことは報告を受けていた。その上で、お前が学園に入って実力を示す場を得れば、山のように縁談が来るであろうと想定した。国の内外を問わずだ」

うわあ、バレてたのか。驚きはしたけれど、すぐに納得した。

精霊との契約の件は、フィルマンがお父様に知らせたんだろう。

よくよく考えれば、王太子時代からお父様の護衛だったフィルマンが、主《あるじ》に対して息子の隠し事を話さないなんてことはしないよな。耳に入れて当然だ。

フィルマンの、お父様への忠誠心を考えれば尚更だ。

「それでな、当家は少々複雑な家だ。子爵家は他国から縁談を持ち込まれるような対象ではないが、お前は現国王陛下の孫だ。もしかしたら国王か、それに近い立場にならんとも限らん。そこに目を付けた他国の高位貴族から縁談なんて来てみろ、子爵家の立場故に断れない、なんてことになりかねん。私は息子の縁談が政治利用されるなど見てはおれん。その点公爵家の嫡男という立場にいれば、主導権はこちらにある」

お父様は、自分とお母様との経験から僕のことを考えて、養子入りの話を進めてくれていたという訳だ。

まぁ両親は駆け落ちするくらい恋愛重視だから、政治によって恋愛を左右したくないというのは分かるものの、少し過剰《かじょう》反応な気はする。僕としては、そもそも恋愛経験がないからピンと来ない。

そこへシル伯父様も話に加わる。

「息子がいない当家には世継ぎがおらん。他家から養子を取らねばならぬのだが、リュドヴィックであれば安心だ。学園に入学した後に話すつもりだったのだが、此度《こたび》の一件で事が早まった。近々大々的に、嫡男披露を目的としたパーティーを開くつもりだ」

お父様のお考えも、シル伯父様のお考えも理解した。

僕自身や、公爵家の事情も考えた上での養子入りだということなら、僕に異論はない。

前世が一般人の僕からすれば、途方もない話なので反論のしようがないとも言えるが、善意で動いてくれていたと分かった以上、悪い気はしなかった。

「アンジェルはとってもいい子よ。それはリューが一番分かっていることだと思うけれど」

お母様は、僕とアンジェルが婚約するということが本当に嬉しいみたいだ。ノマール家に来てから十年以上経つのに男っ気のないアンジェルのことを、とても心配していたんだという。

「そもそもドラゴンのファフニールという種族が、人と恋愛をするのか分からなくて、聞きづらかったのよ。アンジェルさえ良ければリューのお嫁さんにと思っていたから、本当に良かったわ」

どうやら僕とアンジェルのことを思って、相当やきもきしていたようだ。まさかそんな目で見られていたとは思わなかった。

シル伯父様もアンジェルと僕の婚約に関して、心から祝福すると言ってくださった。

「マリーには私から話しておく。リュドヴィックを養子として迎え入れることになるだろうとは話していたが、それに婚約者まで付いてくるとは思っておらんだろうからな」

「はぁ……みんなが僕の話をしているのは分かっているんですが、頭では理解できずにいますよ」

アンジェルと結婚か……。

今まで、アンヌとマクシムをくっつけること、アンヌを正統派ヒロインへと育てることが、僕の人生の目標だった。

だから自分自身の将来、まして結婚のことなんて考えてもみなかったよ。それも、相手がアンジェルだなんて。

そもそもアンジェルは、この婚約のことをどう思っているのだろうか。

生まれたその日から僕を知っている彼女は、僕と結婚するように言われて、何を思っているのだろうか。


『アンジェルは、どう思っているの?』

パーティーの翌朝。稽古と朝食を終え、ファフニール族の皆さんを見送って、みんながそれぞれ職務や学園へと向かった後。僕は自室でアンジェルに尋ねてみた。

アンヌは稽古には出てこず、食事も自室でとったようだ。それでも万が一誰かに聞かれると恥ずかしいので、念話を使っている。

『婚約のことでしょうか？　……私はもとより、その前提でノマール家へと参りました。予定通りであり、私の望んだままです。これから先もずっとリュー坊ちゃまのおそばにいられると思うと、幸せでなりません』

アンジェルはとても誇らしげな、そして何とも嬉しそうな表情で僕の質問に答えた。何でそんな幸せそうな顔ができるんだろうか。

確かカイエンさんが仰っていたはずだ。ファフニールの娘は一途である、と。

昨日のパーティーでは、アンジェルは先の勇者、スタニスラスへと嫁ぐと子供ながらに宣言したと聞いた。

過去の人間へ向けられた想いに対して、僕が何かを言うこともないけれど……何故アンジェルは、父親から僕という存在を押しつけられていながら、身の回りのお世話も結婚も受け入れてくれたんだろうか。

アンジェルは優しいし、家事も得意だし、何よりとても魅力ある女性だ。気立ても良い。どんな時も僕のことを第一に考えてくれている。

それはメイドとしての立場がそうさせているのだと思っていた。けれどファフニールの王女であると知ったその時に、メイドとしてのアンジェルではなく、何か重要な役割を背負っている女性であるという見方が大きくなってしまった。

アンジェルは本当に望んでこの場にいるのだろうか。それとも、これが任務だから今の立場を受け入れているのだろうか。

その疑問を、僕はアンジェルに直接問いかけることができずにいた。その答えを聞くことで、今までそばにいてくれたアンジェルが、いなくなってしまうような気がして怖かったのだ。

彼女の本当の考えは、知りたいけれど、知りたくない……。

『アンジェルは……』

「あら、アンヌ様。おはようございます」

アンジェルは僕の念話に気付く前に、僕の部屋の扉を開けたアンヌに声を掛けた。

ノックをしなかったことを注意するべきかと思ったが、その表情があまりにも張り詰めていたので、何も言えなかった。

「アンジェル、朝の稽古に付き合ってもらいますわよ」

アンヌは返事を待たずに背を向けて出ていってしまった。

アンヌが、アンジェルの名前を呼んだ……？　会話を交わすことすら少ないのに、名前で呼ぶなんて。もしかしたら初めてなんじゃないだろうか。

『リュー坊ちゃまはこちらでお待ちください』

『えっ、何で？　朝の稽古でしょ？』

僕の稽古は済んでいるけど、ただでさえアンヌの様子がおかしいんだ。放ってなんておけない。

僕がそばに付いていていないと。

『いえ、今日ばかりは女同士、二人きりでお話をさせてくださいませ』

二人きりで話を？　拳で語る、みたいな妙に物騒なイメージが頭に浮かぶ。

いや、アンジェルにも何か考えがあるんだろう。ここはアンジェルとアンヌを信じ、部屋で待っておくことにした。

その後、部屋の窓を開けて中庭を覗くと、アンヌとアンジェルが無言・無表情のまま手合わせをしているのが見えた。お互いに一撃一撃が鋭く、息つく間もない攻防が続いている。

「うわっ⁉」

覗き見しているのが気に入らなかったのか、アンヌが魔法で水を飛ばしてきた。顔をびしょびしょにされ、慌てて僕は部屋に引っ込む。

分かった分かった、もう見ないよ。でも頼むから、どちらも怪我をしないようにしてくれよ。


『リュー様、緊張されていますか？』

『当たり前だろう？　こんなに注目されることなんて今までなかったんだから』

肩が触れ合うほどすぐ隣から、ファフニールの代表として出席しているアンジェルが念話を飛ばしてくる。

カイエンさんが学園都市を去られてから十日ほど経った今夜、公爵城で街の貴族を招いての、嫡男披露パーティーが開かれていた。嫡男とはつまり、僕のことだ。

僕とアンジェルの関係は、お坊ちゃまとメイドから、婚約者へと変わった訳だけど、アンジェルの態度は全く変わっていない。メイドだった時と同じように接してくれるけど、僕はどう接していいのか未だ分からずにいる。

パーティーは立食形式で行われているため、次々に高貴な方々が、僕と隣に立つ公爵ご夫妻、いや両親に対して祝いの言葉を贈りに来てくださる。

アンヌはアンジェルとの手合わせ以来、普通に生活をしているが、僕とはぎこちない関係になっていた。朝の稽古も一緒にするけれど、必要以上の会話をしてくれない。距離を置かれてしまったようで、何とも寂しい。

しかしアンジェルは僕がそのことを言う度に、大丈夫だと笑いかけてくれた。

今必要なのは時間なのだそうだ。

長く付き合いのある側仕えとの関係がいきなり変わってしまうのだ。慣れろと言われても、なかなか難しいというのは分かる。本当に時間が解決してくれればいいんだけどね……。

シル伯父様とマリー様はアンヌをたしなめていらっしゃるようだけど、このお二人はとことん甘いのでどこまで効果があるのやら。

そんなアンヌは今、すっかり仲良くなったグノー伯爵家三女のイレーヌさんと談笑している。

だが、残念ながらリリーさんの姿はない。当主不在のため、フィロ子爵家へのご招待は見送られたのだ。

リリーさんとは数日前に久しぶりに会ったけど、父親のフィロ子爵が行方不明でお家が大変だと、憔悴《しょうすい》した様子で話していた。

どうにか乗り越えてほしいけど、掛ける言葉は「お父上が早く見つかるといいですね」しか出てこなかった。やりきれない気持ちでいっぱいだ。

魔族によって殺されたと知っている僕だけど、結局誰にも事情を説明できていない。

というのも、その事実を知った直後に魔族の学園都市襲撃があり、立て続けにカイエンさんの歓迎パーティーなどがあったからだ。やっぱりリザンドロが死亡したあの時に、何か証拠を持ち帰っていれば良かった。

「――ドラゴン相手に攻撃魔法を放つ逸材《いつざい》ですからな、立派な領主となられることでしょう」

お祝いを述べてくださった貴族の中に、そんなことを仰る方もちらほらいらっしゃった。

街の住人達にも先の一件が知れ渡っているようだ。ただし魔族が攻めてきたこと、そしてそれを僕とアンジェルが殲滅したことは知られていない。

ついでに、アンジェルが僕と婚約したということも公表はされなかった。

でも、カイエンさん達に対して放ったレーザーキャノンは大勢の人にバッチリ見られていたので、隠しようがないんだよな……。

諸々の配慮や情報統制の結果、僕は学園都市にドラゴンが攻めてきたと勘違いして、たった一人で迎撃しようとした勇敢な少年、という扱いを受けている。

情報統制とはいっても、世間で神聖視されているドラゴンが来たということは隠せなかった訳で、この十日ほど、街はそれなりの騒ぎになっていた。

ともあれ、公爵家嫡男であるリュドヴィック・リフドゥ＝トルアゲデスは、ドラゴンでさえ頭を下げる大物だと周知されてしまったのだ。先が思いやられるなぁ。


挨拶の波が一段落したので、少し休憩しよう。

一人テラスへと出て夜空を見上げる。何となく知っている星座を探すけれど、ここは地球ではないので一つも見つけ出せない。

転生してもう十一年……思えば遠くへ来たもんだ。

しばらく手すりに肘をついてボーッとしていると、知らない間にアンヌが隣に立っていた。

「リュー様。一人でこんなところにいらっしゃると、正妻の座を狙って未婚の貴族子女達が殺到致しますわよ?」

「あぁ、アンヌ。そういうもんかい？　まだ自分の立場というものが掴みきれてないよ……」

アンヌが差し出してくれた果実水を口に含むと、挨拶ばかりで何も入っていない胃がキュッと音を立てた。けれど、いつも通りの態度で接してくれたのが嬉しくて、胸が温かくなるのを感じた。

「とにかく疲れたよ。明日はいつもの時間に起きられそうにない。……そうだ、明日の朝起こしに来てくれないか？　妹の声で目覚めてみたいな」

アンヌのことを妹と呼ぶきっかけにと、軽口を叩いてみた。

怒られるかなと思ったけれど、意外にもアンヌは考えているような表情。何か心境の変化でもあったかな？

「……分かりましたわ、明日からリュー様の新しい日々が始まるのですね。新しい朝を告げに、ワタクシがリュー様のお部屋へと参りますわ」

そう言ってニコリとアンヌが笑う。久しぶりに見たな、アンヌの笑顔。

◇

——そして翌朝。

僕は実にさっぱりとした目覚めを迎えていた。危うく溺《おぼ》れそうになりながら。

鼻の穴に魔法で作った水を流し込まれるという、鬼のような方法でアンヌに起こされたのだった。

あんまりだ、これが妹のすることなのか。あるいはもしかして、やっぱりまだ僕を兄だとは認めてくれていないのかもしれない。

笑顔にどこか悪戯《いたずら》っぽさをにじませるアンヌに、僕は恨みがましい目を向けた。

その後ろには、もう一人の女性が立っている。

「おはようアンジェル……」

「リュー様、仰ってくだされば私が起こして差し上げましたのに。婚約者である私が」

メイド姿ではなくネグリジェを着たアンジェルが、同じように僕へと微笑みかける。何だろう、修羅場ではないはずなのに、とっても居心地が悪い。

「あら、お兄様はワタクシに頼まれたのですわ。婚約といってもただのお約束、家族の絆《きずな》の前では無意味ですわよ」

「あらあら、私はリュー様と毎日お風呂に入っていた仲でございます。そういった意味では、家族以上の絆かと思いますが」

とってもとっても居心地が悪いので、そっと部屋を抜け出そうと試みたけど、すぐに捕まってしまった。

あーでもないこーでもないと言い合いをするアンヌとアンジェル。喧嘩するほど仲が良いっていうしな〜。

「お兄様！」

「リュー様！」

こうして僕の新しい日々が始まったのだった。

勘違いの工房主
Kanchigai no ATELIER MEISTER
英雄パーティの元雑用係が、実は戦闘以外がSSSランクだったというよくある話
アトリエマイスター
1~3
時野洋輔
Tokino Yousuke
第11回アルファポリスファンタジー小説大賞
読者賞受賞作!
無自覚な町の救世主様は
勘違い連発!?
勘違いだらけのドタバタファンタジー、開幕!
戦闘で役立たずだからと、英雄パーティを追い出された少年、クルト。町で適性検査を受けたところ、戦闘面の適性が、全て最低ランクだと判明する。生計を立てるため、工事や採掘の依頼を受けることになった彼は、ここでも役立たず……と思いきや、八面六臂の大活躍! 実はクルトは、戦闘以外全ての適性が最高ランクだったのだ。しかし当の本人はそのことに気付いておらず、何気ない行動でいろんな人の問題を解決し、果ては町や国家を救うことに――!?
◆各定価:本体1200円+税
◆Illustration:ゾウノセ
武器や魔法の適性は最低だけど、それ以外全部SSSランク!
1~3巻好評発売中!

トリティカーナ王国の英雄、ムーンオルト家の末弟であるアレクは、紫の髪と瞳の持ち主。人が生まれ持つことのないその色を両親に気味悪がられ、ある日、ついに家から追放されてしまった。途方に暮れていたアレクは、偶然二人の冒険者風の少女に出会う。彼女達の勧めで髪と瞳の色を変え、素性を伏せて英雄学園に通うことになったアレクは、桁外れの魔法の才能と身体能力を発揮して一躍人気者に。賑やかな学園生活を送るアレクだが、彼の髪と瞳の色には、本人も知らない秘密の伝承があり——

◆定価：本体1200円＋税　◆Illustration：福きつね　◆ISBN：978-4-434-26129-9

ットで話題沸騰!
アルファポリスWeb漫画
面白い漫画が毎週読める!!
ALPHAPOLIS
アルファポリス
COMICS
ゲート
GATE
自衛隊 彼の地にて、斯く戦えり
原作：柳内たくみ
漫画：竿尾悟
原作：秋川滝美
漫画：しわすだ
居酒屋ぼったくり
原作 カタナヅキ 漫画 南条アキマサ
不遇職《ふぐうしょく》とバカにされましたが、実際はそれほど悪くありません?
原作 霜月雹花 漫画 サマハラ
初期スキルが便利すぎて異世界生活が楽しすぎる!
原作 右薙光介 漫画 沢月とと
落ちこぼれ[☆1]魔法使いは、今日も無意識にチートを使う
人気連載陣
● THE NEW GATE
● 月が導く異世界道中
● 異世界に飛ばされたおっさんは何処へ行く?
● 素材採取家の異世界旅行記
● 異世界ゆるり紀行 ～子育てしながら冒険者します～
● いずれ最強の錬金術師?
● 追い出された万能職に新しい人生が始まりました
and more...
原作 椎名ほわほわ
漫画 六堂秀哉
とあるおっさんのVRMMO活動記
原作：金斬児狐
漫画：小早川ハルヨシ
Re:MONSTER リ・モンスター
選りすぐりのWeb漫画が無料で読み放題!
今すぐアクセス!
アルファポリス 漫画
検索
アルファポリスアプリ
スマホでも漫画が読める!
App Store/Google play でダウンロード!

この作品に対する皆様のご意見・ご感想をお待ちしております。

おハガキ・お手紙は以下の宛先にお送りください。

【宛先】

〒150-6005 東京都渋谷区恵比寿 4-20-3 恵比寿ｶﾞｰﾃﾞﾝﾌﾟﾚｲｽﾀﾜｰ 5F
（株）アルファポリス　書籍感想係

メールフォームでのご意見・ご感想は右のＱＲコードから、
あるいは以下のワードで検索をかけてください。

アルファポリス　書籍の感想　検索

ご感想はこちらから

本書は、Webサイト「アルファポリス」（https://www.alphapolis.co.jp/）に投稿されたものを、加筆・改稿のうえ書籍化したものです。


そんな裏設定《うらせってい》知《し》らないよ!?

~脇役《わきやく》だったはずの僕《ぼく》と悪役令嬢《あくやくれいじょう》と~

なつのさんち

2019年 11月 30日初版発行

編集ー本永大輝・村上達哉・篠木歩
編集長ー太田鉄平
発行者ー梶本雄介
発行所ー株式会社アルファポリス
〒150-6005 東京都渋谷区恵比寿4-20-3 恵比寿ｶﾞｰﾃﾞﾝﾌﾟﾚｲｽﾀﾜｰ5F
TEL 03-6277-1601（営業）　03-6277-1602（編集）
URL https://www.alphapolis.co.jp/
発売元ー株式会社星雲社
〒112-0005東京都文京区水道1-3-30
TEL 03-3868-3275
装丁・本文イラストー葉山えいし（http://sdkusdk.blog10.fc2.com/）
装丁デザインーAFTERGLOW
印刷ー中央精版印刷株式会社

価格はカバーに表示されてあります。

落丁乱丁の場合はアルファポリスまでご連絡ください。

送料は小社負担でお取り替えします。


ISBN978-4-434-26782-6 C0093